高 建 群 全 集

生 我 之 门

高建群　著

陕西师范大学出版总社

图书代号　　WX24N0099

图书在版编目（CIP）数据

生我之门 / 高建群著. —西安：陕西师范大学出版总社
有限公司，2024.1
　（高建群全集）
　ISBN 978-7-5695-4272-1

　Ⅰ. ①生…　Ⅱ. ①高…　Ⅲ. ①散文集—中国—当代
Ⅳ. ①I267

　中国国家版本馆CIP数据核字（2024）第004447号

生 我 之 门
SHENG WO ZHI MEN

高建群　著

出 版 人　刘东风
总 策 划　孙留伟
责任编辑　庄婧卿
责任校对　刘　畅
出版发行　陕西师范大学出版总社
　　　　　（西安市长安南路199号　邮编710062）
网　　址　http://www.snupg.com
印　　刷　北京天宇万达印刷有限公司
开　　本　880 mm×1230 mm　1/32
印　　张　9
插　　页　2
字　　数　228千
版　　次　2024年1月第1版
印　　次　2024年1月第1次印刷
书　　号　ISBN 978-7-5695-4272-1
定　　价　69.00元

读者购书、书店添货或发现印刷装订问题，请与本公司营销部联系、调换。
电话：（029）85307864　85303629　传真：（029）85303879

总　序

　　文稿一旦变成铅字，一旦成为一本装帧得或粗糙或精美的书本，那它就是一个独立的存在了。它将离你而去。它将行走于世间。它将开始它自己的宿命。它或被读者供之于殿堂，视为经典，视为对这个时代的一份备忘录；或被读者弃之于茅厕；或被垃圾处理厂重新化为纸浆，以期待新的人在上面书写新的东西。凡此种种，那就看这本书它自己的命运了。

　　这时，于作者本人来说，倒是没有太大的干系了。于是他成了一个旁观者。他和这本书唯一的联系是，那书本的额头上，还顶着他卑微的名字。知道《一千零一夜》中的《渔夫和魔鬼的故事》吗？渔夫打开铅封的所罗门王的瓶子，于是一缕青烟腾起，魔鬼从瓶子里走出来，开始在世界上游荡，开始在暗夜里敲打你的门扉。渔夫这时候唯一能做的事情，是一手拿着空瓶子，一手捏着瓶子盖儿，傻乎乎地看着他放出的魔鬼，横行于世界。

　　此一刻，在这二十五卷本的"高建群全集"即将付梓出版之际，我感到我的已日渐衰老的身躯，便宛如那个已经被掏空的——或者换言之——魔鬼已经离你而去的空瓶子一样。此一刻，我是多么虚弱而疲惫呀。

人生一场大梦，世事几度秋凉。一想到这个名叫高建群的写作者，在有限的人生岁月中，竟然写出这么多的文字，我就有些惊讶。一切都宛如一场梦魇！这是一笔一画写出来的呀！如果我不援笔写出，它们将胎死腹中。但是很好，我把它们写出来了，把它们落实到了纸上。

那每一本书的写作过程，都是作者的一部精神受难史。

建于西安航空学院的高建群文学艺术馆，要我给一进馆的墙壁上写一段话，于是我思忖了一个星期，最后选定帕乌斯托夫斯基《金蔷薇》中的一段话，写在那上面。那么请允许我，也将这一段话写在这里：

> 是什么东西迫使一个作家，从事这种庄严的但却又是异常艰辛的劳动呢？首先是心灵的震撼，是良心的声音。不允许一个写作者在这块土地上，像谎花一样虚度一生，而不把洋溢在他心中的，那种庞杂的感情，慷慨地献给人类。

谎花是一种虽然开放得十分艳丽，但是花落之后底部不会坐上果实的花。植物学上叫它"雄花"，民间则叫它"谎花"。

我们光荣的乡贤，以大半辈子的人生履历，驰骋于京华批评界，晚年则琴书卒岁，归老北方的阎纲老先生说：

> 相形于当代其他作家，高建群是一个马拉松式的长跑者，他以六十年为一个单元，在自己的斗室里，像小孩子玩积木一样，一砖一石地建筑着自己的艺术帝国。他有耐性，有定力。喧嚣的世界在他面前，徒唤其何。

当我听到阎老的这段话时，我在那一刻真的很感动。感动的原因是世界上还有人在关注着这个不善经营不懂交际的我。诗人殷夫说："我在无数人的心灵中摸索，摸索到的是一颗颗冷酷的心！"现在我知道了，长者们一直作为艺术良心站在那里，为当代中国文学保留着它最后的尊严。

"有些故事还没讲完那就算了吧！"这是一首流行歌曲里的话，如果这个名叫"总序"的文字，需要拿出来单独发表的话，建议用这句话作为标题。

我们这一代人行将老去，这场宴席将接待下一批饕餮客！人在吃完宴席后，要懂得把碗放下，是不是这样？！

2020年10月11日早晨6点
写于西安

序言：讲一串故事给你听

再过两天，就是我的六十一岁的生日了。每年生日的这一天，我都要送给母亲一个红包。感谢她生了我，感谢她为我来到人世上，疼过一回。现在生孩子，条件好多了，往医院里一住，有专业的人员帮助。六十多年前的农村，生孩子是一件难事，所以老百姓有"人生人，怕死人"的说法。生孩子又好像很随意，大部分是在土炕上就生了。有些女人邋遢，甚至把孩子生在茅坑里，好在那时是旱茅坑。我是生在自家土炕上的。就是那种用土坯砌的，冬天可以烧热的土炕。记得，奶奶常说个谜语叫我猜：一头老牛没脖项，有多没少都驮上，说的就是这种土炕。我生在黄昏，用母亲的话说，就是天麻糊黑，人喝汤的时候。用一把做衣服的剪刀，在青油灯的火苗上烤一烤，算是消毒，然后用这剪刀剪掉脐带，只听"哇"的一声哭声，这孩子就算出生了。人们说，母亲生我时，面无血色，脸色黄得像黄表纸，听到哭声，她欣慰地笑了，说：你把为娘可害苦了！唉，我又一个讨债鬼来了！

上面是我出生时的情况。而从现在开始，再过不到两个月，我的孙子或孙女就要出生了。他或她该生在羊年，是一个羊宝宝。说到这里，总让人有一种奇异的感觉，韭菜割过一茬又长一茬的感觉！

1

我对怀着我的孙子或孙女的这个准妈妈说，上帝造人用了六天时间，然后第七天休息，这就是一星期有七天的来由，也就是为什么人们用六天的时间工作，然后休息一天的原因。而你造人，怀胎十月，用了三百天的时间。从这个角度来讲，你甚至比上帝还要伟大一些，受的苦难还要多一些。

　　他或她就要来到人世了。让我且在这里向生命致敬，为生命礼赞！这个致敬和礼赞包括给他，同时也包括给每一个曾经的我们。我常常对人说，我们所以还有理由活在这个悲惨的世界上，就是为了他们。我们要让我们的后代幸福，要让他们不要有饥饿、寒冷和战争，要让他们有尊严的体面的活着。我们这一代人行将老去，这场宴席将接待下一批食客，而他们就是下一场人生大宴的食客。

　　我给这个世界的，只是一些书本。它们是我的思想，我的立言。我曾经不止一次地说过，我写得很难，每一个字落到纸上，都吭哧吭哧半天。这些书、这些小说是我留给世界的遗嘱，或者说遗产呀！

　　有一天，当他或她生活中遇到困顿了，那么，有遗嘱和遗产在那里。院子的一个角落，有棵石榴树，你从石榴树下往下刨，三尺地表之下，会有一个黑陶罐，那罐子里有一些金元宝，它可以帮你度过饥馑，或渡过难关——当遗嘱或遗产这个字眼出现在文章中的时候，我眼前有了上面这番情景。

　　不过我是一个穷人、一介书生，我没有黑陶罐或金元宝留给后世。但是我有思想，我的这些书就是我的表达，我留给人类的不动产。它甚至也许更加珍贵和重要一些，人因为思想而强大，因为思想而处变不惊，而百毒不侵，而炼就金刚不坏之身，而"帝力于我何有哉"！

　　巴尔扎克的《高老头》里有那么一个情节，当一位满面沧桑的老江湖给一位涉世不深的年轻大学生讲述这世界的真相后，大学生泪流满面，他走到阳台上，注视着巴黎城的万家灯火，他感到自己的那一刻全身充满了力量，他对这个城市说："巴黎，谁怕谁呀？现在，我的身上充满了力量，让我们来决斗一场吧！"

我希望我的书（包括这本书）也是这样子的，给你以思想的铠甲，令你面对世界时，泰然自若。

感谢出版社。他们将我的这些文字，编撰成这样一本书，让它开始自己长着腿行走。我一直有一个想法，等我行将告别文坛的时候，我要用一到三年的时间，为孩子们写三部小的长篇，就像高尔基的《童年》《在人间》《我的大学》那样的书。

我的想法，是受了一位法国小说家，乔治·桑的影响，她晚年写了一部叫《比克多尔城堡》的小说，写一座城堡里的奇异故事。她在小说的开头说：亲爱的孙女呀，老祖母现在要给你讲故事了，我答应过你的，现在不抓紧讲就没有时间了。你们正处于幻想的年纪，相信这个世界上有奇迹和魔法的年纪，那就讲一个被魔法诅咒过的古城堡的故事吧。

同样的话，一个叫卡里姆的苏联作家也说过，他那小说叫《漫长漫长的童年》。他开宗明义说，我的这部小说，是给那些依然相信这个世界上有奇迹的人写的。哪怕这个世界上还有最后一个人童心未泯，那我这小说就是给他写的。我要写我们村子那些人物，那些高贵又滑稽的人物，那些卑微的如草芥如蝼蚁却又自命不凡的人物。这些我的童年人物，他们大部分都已经过世了，因此我现在可以动笔写他们了。

我想我告别的时刻，就用这样三本小书来告别。那情景一定十分美妙，像是诗。那将是我向世界的三次挥手告别。释迦牟尼临终前也有过三次告别，他恋恋不舍，不忍心离开他的信众。最后他说，亲爱的人们啊，我不得不走了，你们好自为之吧。我将在天上注视着你们，并为你们祝福。

我正直地活着，崇高地活着，淡泊地活着，卑微地活着。我用一生的长度，守着一个文化人的本分。如果让我重新出生一次，我愿意还是生在那个土炕上，由一个做童养媳的卑微的农妇带到这人世。如果让我重新选择职业，我仍然愿意选择写作者这个职业，它让我在在世的时候能响亮地发出自己的声音，它让我在死后这声音还能够在空中回响好一阵子。

读一读这本名曰《生我之门》的书吧！开卷有益，也许你会感到，世界正纷至沓来，而你的心智之花，正在被培育、被浇灌、被开放。而被感动的你，也许会说一句过头的话。这句话是这样说的，我的一生将分为两个阶段，即读这本书之前的阶段和读这本书之后的阶段。

法国印象派大师雷诺阿说，当我终于买得起上等的牛排的时候，我口中的牙齿已经所剩无几了。对于我自己来说，似乎也常有这种雷诺阿式的感慨。我六十岁刚过，就已经齿摇摇、发苍苍，两眼昏花了，长期的伏案劳作，极大地损伤了我的身体。写上面这些文字，就叫我费了很大的劲儿。然而，这是宿命，文化人的宿命。那么认命吧，乐观地接受生活所赐予你的一切。"我们是昨日的牛仔，过时的品种，偶尔流落在地球上的外星人！"这句话是电影《廊桥遗梦》中的一句著名的台词。它好像说的我们这些童心未泯、激情之火未熄的老家伙！

高建群

2015年2月13日 于西安

目录

CONTENTS

辑一　吾心安处是吾乡

故乡的河 / 003

祖母的爱 / 006

平原的铃声 / 009

我的叔父 / 011

我的堂妹 / 013

老爸的情人 / 015

家训 / 018

第一次学费 / 019

我们村子那些照明的历史 / 022

平原以外的故事 / 024

友人回乡有感 / 026

驾长车踏破贺兰山缺 / 028

我如果不去，父亲的坟头会冷清 / 030

辑二　人生百味

汉江今夜从我枕边流过 / 035

你是千里马，但你还得叫 / 038

我的拐杖情结 / 040

孤独论 / 043

宽容为好 / 045

镰刀荒草 / 048

年过四十学说话 / 052

五十三岁时如是说 / 055

六十初度，马齿徒长 / 058

人生百味 / 060

酸奶子 / 063

我的养生之道 / 065

一架失控的航天器 / 068

一个越境老兵的流浪人生 / 072

一堵墙对另一堵墙说什么 / 077

辑三　朴素是一种大美

魏庚虎和他的陶艺作坊 / 089

风暴与激情

　　——听赵军婷唱歌 / 093

山丹丹开花红艳艳 / 095

脚穿红鞋的歌唱 / 097

掀起一波大浪来 / 099

歇鞭大明宫，骑驴过长安 / 101

家园的最后的守望者

　　——序梦野诗集《情在高处》/ 104

让阳光均衡地照耀在每一个人身上 / 108

全世界孩子的哭声都是一样的

　　——《安琪拉的灰烬》十谈 / 110

新与旧的反思 / 113

好大一棵树 / 115

一群光明使者在歌唱 / 135

一半是心血，一半是固守 / 138

文学的第一排总是虚位以待的 / 141

潘多拉的盒子或者所罗门的宝库

　　——《中外俏皮话经典》序 / 144

辑四　尘世礼赞

上海在每一个上海人驻足的地方 / 149

对秦岭山脉的恢宏礼赞 / 152

走马西来欲到天 / 154

西王母传说与泾川 / 158

罗布泊风景 / 165

"葱岭"天池 / 168

贾三赞美词 / 171

我们因"非典"而改变 / 174

一个最懂中国的人 / 176

热爱大西安的十个理由 / 178

给远行者和即将远行者 / 182

大男人的心是如何乱的 / 185

响屁连连 / 188

一块金牌值多少钱 / 193

辑五　拒绝平庸

女歌手 / 197

谈盗版 / 198

文坛三掌故 / 201

一切的发生都是有可能的 / 204

东西方之间的两大不同 / 206

柳青是一笔宝贵的精神财富 / 209

口吃者的寓言 / 211

拒绝平庸 / 214

生子当如孙仲谋 / 217

环肥燕瘦 / 219

改变匈奴历史的两个女人 / 223

芦苇在风中的七十四次抖动 / 226

写在一条伟大道路的开头 / 249

《西地平线》写作经过

——为《语文学习》杂志而作 / 251

悼念红柯 / 256

悼金庸 / 258

高建群小传 / 260

高建群履历 / 261

高建群创作年表 / 262

社会评价 / 268

辑一　吾心安处是吾乡

故 乡 的 河

　　小时候，站在家门口的老崖上，看那一河汹涌的水，自天际而来。时而浑浊，时而清澈。时而成一股涓涓的细流，时而涌一扇几十里宽的野浪。时而悄然无语，时而咆哮怒号。时而一夜之间向东岸崩去几里，抛给西岸一片新淤的草滩，时而又造福于东岸，而将西岸的人们，挤到远远的山脚下去。

　　我曾经有幸看过几次发洪水的场面。倏忽之间，从这边老崖到那边老崖，十里渭河滩白茫茫一片。水自远方铺天盖地地汹涌而来，气浪仿佛要把整个渭河平原吞进肚子里去。泱泱黄汤。水面上漂满了各种家畜和连根拔下的古树，以及塌陷进河里的房屋的架子。一头耕牛，扬着头，在水面上一起一落，发出悲哀的绝望的叫声。

　　我清楚地记得，有一次，在河的中央，浪山与浪谷之间，有一个落水者抱一块木板，在沉浮着。这一沉一浮就是近百米远。当他被大浪吞没的一刻，两岸所有黑压压的人们，都松了一口气，希望这幕悲剧就此了结。谁知，他又从浪头下钻出来了，像野兽那样地哭嚎着："救命的爷呀，救命的爷呀！"那叫声令人惨不忍听。

　　在大自然的暴虐面前，人们只好发出无能为力的叹息，谁也不敢跳下水去。

偶尔顺着河面飞来了一架直升机，在落水者的头顶上停留了一刻，但是也只好无可奈何地飞走了。

我那时候第一次认识了大自然这种盲动的力，认识到奶奶的怀抱里远不是可靠的。因为河水再升高一尺，就漫到平原上来了，即使它不再上涨，如果它愿意的话，它会很快把我们这个村子崩进河里的。

我从那一刻对人类——这我的同类产生了深深的怜悯，这种怜悯之情一直贯穿我以后的生活和那些含着热泪写出的作品。记得当时，我哭了，我挣脱了奶奶的怀抱，一直沿着老崖向下游跑去，一边跑着一边向河中心的遇难者呼喊——尽管他根本听不见我的喊声。我赤着脚，从麦茬地里跑过去，麦茬扎伤了我的脚，鲜血直流。这个人后来自然是死了。他被一只大浪打下去后，就再也没有上来。有人说，那大浪上有一块破了的船板，船板上扎满了钉子。他是在下游几十里的地方结束生命的，我没有能看见那一幕，因为河水流得太快了。我想他在结束生命的一刻，也许会有一丝慰安的，因为我。

从那一刻，我对家门口这条河，产生了一种隐秘的仇恨。记得，我曾经对祖母说：搬走吧，让我们搬到高高的原上去吧，住在这渭河沿上，多可怕！河水已落，平原上又恢复了往日的安谧、平静，人们套上犁杖，又准备耕田了；或者疏通渠道，准备引渭河水浇地了。

祖母听完我的话，沉默了半天，自言自语地说："孩子，你懂得什么！"

长大了，我知道了这条河叫渭河。从小学地理课本里，我知道了，平原是河流的冲积物，我生活的这块平原，就是渭河在那远古的年代里，冲积出来的。

从小学历史课本里，我还知道了，黄河流域是中华民族的发祥地，渭河是黄河最大的支流，渭河平原是民族的发祥地之一。

等到我离开渭河平原，而远走他乡以后，我常常在匆忙的来去中，注视一眼它。我听到了关于这块土地上的许多古老故事，我还在那些古老的遗址面前流连咏叹。我注目于平原上丰饶的土地和土地上星罗棋布的村庄，以及众星拱月般托出的那个千古帝王之都。

当我伫立于泾渭交汇处，看那两股激情的水流怎样腾起如梦如烟的雾霭，而那雾霭缭绕于古城上空，与古城铅灰色的古塔、红色的楼房、绿色的树冠，融成一幅美妙的图画时，我似乎明白了祖母的话的含义。

当我从空中俯视这块冲积平原时，看见了北边是金黄色的高原，南边是葱绿的秦岭，平原呢，平原像一块绿茸茸的玻璃，镶嵌其间。我的水流在左盘右突，自河西走廊而来，带着命定的旋律，缓慢地、贪恋地东去。我曾经试图找过我的小村庄，结果在河流转弯的地方，找到了它。那也许不是它，因为没有我的白发苍苍的祖母，站在河边高高的老崖上。哦，祖母已经过世。

许多年过去了，我已经进入了成年人的思考。我理解了我以前所不能理解的东西，我容忍了我以前所不能容忍的东西，我认识了我以前所没有认识的东西，我看见了我以前所没有看见的东西。今天，我再也不会对我的祖母说，让我们搬走吧。

我们不能离开你，渭河，任性的，喜怒无常的河流，谁让我们生在你的岸边呢？

我们仍然爱你，渭河，给我们以生息之地的河流。就像那些吟唱过"长安一片月，万户捣衣声"的古代诗人那样爱你，就像那些埋葬在你身边的平凡的劳动者那样爱你。我们无言地捞起那些被你冲刷到黄河滩上的尸体，唱着哀歌将他们埋葬。我们在你一次又一次洗劫过的土地上，重新布下五谷。我们叫我们的孩子，像我们那样爱你，绵延直至永远。

祖 母 的 爱

接到祖母去世的消息，我正在遥远的高原上。握着电报，我突然在一瞬间明白了：最亲近的人，已经离开我而远走了，不会再向我讲述那些我童年的故事了，不会再在我受伤的时候，为我舐一舐伤口了，不会再用爱为我筑起一间小屋，让我在人世间受到委屈的时候，进去躲一躲了。

在这个世界上，有两个女性，给过我慷慨的爱，一个是我慈祥的祖母，一个是我温存的妻子。妻子还年轻，对于她的慷慨给予，我会在以后的岁月里回报的，祖母已经老了，她的眼神早就向我暗示过死亡的消息了，而我，粗心的我、自私的我、笨拙的我，原先为什么没有想到这一层呢？

我与祖母的最后一面是在她死前一年。我在老家住了三天。当我提出要回城时，她嘴唇动了动，话却没有出口。她一个人孤零零地住着一院庄子，她希望我能陪伴几天，也许，她是想告诉我许多我不知道的童年的故事吧，她不想把那些东西都带进坟墓去。但是我硬着心肠走了。当我登上火车路高高的路基时，看见在村口的大渠上，远天那一朵云彩下，站着白发飘飘的她，拐着小脚，用一只手扶着腰。

人们说，古代的美人站立时是一手扶腰的。我的祖母从我记事时，就常常这样一手扶腰了。

当她死后，我才知道，她之所以扶腰，那是肝区疼痛的缘故。她是死于肝痛的。

祖母是平静地走向死亡的。她本该在五天前就应当死去，可是她却从昏迷中醒来了。她让人给我发了一封电报，然后掐着指头，等待我的归来。约莫我应当到家了，她让人把自己抬到大门口，把头对着门外的官道。五天头上，她终于说："看来是不回来了。给我穿上老衣吧，让我走！告诉孩子，为了等他，我已经迟走了五天。我不能再等下去了，请他不要抱怨我。"

祖母呀，亲爱的祖母，给过我伟大的人类之爱的祖母，在那三年困难时期，你收留了我，养育了我，你用纺棉花挣来的一点钱，将我送进了学校。你用嘴里省下的一口两口，喂活了我，养大了我。你默默忍受着生活，从出生一直到死亡。在你死后我才知道，你一生竟没有名字，一个在世上走了一遭、繁衍下一群子孙的人，没有名字地离开了人间，多么不公道的事情呀！

走在故乡的道路上，走在我的祖母千百次走过的道路上，一任平原的风吹着我的乱发。祖母，让我在平原上，千百次地呼唤你，千百次地寻找你，难道，你就不能从坟墓里冉冉走出，给我一次回报你养育之恩的机会吗？

这是祖母三周年祭的时候。

我的侄儿——平原上的又一代人，将我领到了祖母的墓前。

这是一块苜蓿地，乡村公墓。苜蓿正开放着紫色的花朵，蝴蝶翻飞。我的祖母静静地躺在花丛中，一抔黄土，将我与她分开。

你能原谅迟到的我吗？

你能再睁开一个乡间女人那胆怯的眼睛，一个祖母那热烈的眼睛，一个老人那沉思的眼睛，看一看迟到的我吗？

我扑倒在地，紧紧地拥抱着苜蓿花盛开的芳菲大地。

祖母把她的爱给了我，没有得到我的回报，她就猝然走了。为了良心的缘故，现在，让我紧紧地拥抱着大地——这葬埋着我的祖母的故乡的土地。

平原的铃声

平原上有一座古庙，古庙顶的四只角高高翘起。每只角上，都挂有一只风铃。这些铃无风自动，响声虽然不大，但传得很远很远。后来，这座古庙改成了学校，人们把那风铃摘下来，安个柄儿，成了学校的手摇铃。

记得，祖母在一个早晨，牵着我的手，把我送进了学校。上课铃声响了，我的头脑里第一次出现了时间的概念。生命的节奏开始了。

铃声在春天是甜蜜的、细碎的，像那潺潺的水声，并且带有一种青春的韵味。铃声在秋天是凄厉的、刺耳的，像那秋虫的鸣叫，并且带有一种感伤的成分。

自我沿着朝东的那条大路，离开故乡，那铃声便时时伴随着我，一会有如春天的铃声，一会有如秋天的铃声，我不能理解这是什么原因。现在，我回来了，我是走西边的大路，渡过渭河回来的。恍惚中，我感到我仿佛在地球上走了一圈，又回到原来的位置上一样，依然是村庄，依然是河流，依然是村头那风雨斑驳的古庙，依然是一张张熟悉的面孔。

不过，这面孔已经是下一代人的面孔了，我原来熟悉的那一代人的面孔，已经苍老得使我无法辨认了。

铃声又在平原上响起来了，春天是甜蜜的，秋天是凄厉的。但是，在我的听觉中，即使是春天，这铃声也变成凄厉的了，宛如那秋虫的鸣叫。因为我的生命已经过了春天这个季节了，我的听觉、我的视觉也随身体一同进入了秋季。在铃声有规律的摇动中，生命在一天天走完它的里程。

是的，我的视觉也已经变了，我不会再用小孩子那天真无邪的眼光，对着大平原唱美丽的歌谣了，对着身边的人群和那天外的世界害羞的微笑了。

在铃声中，太阳落入了远山那苍茫的垛口中。一群和我当年一样大的孩子，背着书包，走出了古庙。他们在田野上散开来，向各自的村庄走去，一会儿就不见了。

此刻，平原上只留下了孤零零的我，一个旅人。

我 的 叔 父

该怎样向你叙说我的叔父呢？我感到十分的为难。这次回家我又看见他了。他双眉紧锁，腆着屁股，在平原上漫无边际地走着。他告诉我，几年前，他为儿子，也就是我的堂弟订了一个媳妇，花了一千多元。媳妇很不理想，现在大家都有悔意，不愿意眼睁睁得明明的喝下这一杯苦酒。女方见状，也知道这桩婚事不会成了，于是也在私下里悄悄地另找人家了。但是，双方谁也不开口，都在一天一天一年一年地拖着。农村有的是聪明人，据说，乡村有这样约定俗成的规程：如果男方说声退婚，那么，这一千多元也就连影子也没有了，女方可以堂而皇之地另找人家；如果女方说声退婚，女方将要吐出所有的财礼，甚至连订婚吃饭的饭钱和柴碳钱都要退出。

"我那一千多元还是借人家的！"叔父闷声闷气地说。

我能有什么办法呢？我可以从拮据的生活中拿出一点钱，给我姑姑正在准备考大学的女儿一点智力投资，我却不能给我的叔父一点帮助：那是个黑窟窿，填不满。如果堂弟的婚事吹了，他又要问媳妇，又得一千多元，而且可能不止这个数，我能给他多少帮助？

该怎样向你叙说我的叔父呢？我感到十分的为难。这是一个善良的人，一个懦弱的人。凭着他的善良，凭着他的懦弱，自合作化以来，他一直是我们这个大队的干部。他当的是副职，那些野心勃勃的正职，像走马灯一样换了一茬又一茬，我的叔父却能几十年如一日的不动不摇。谁也需要他，谁也离不开他，而他，从来没有想到过给谁使心眼儿。他拖着疲惫的步子，在平原上走着，一年又一年。

他后来有了一辆自行车。那车原来是邻家的，他上公社去开会，借了邻家的车子。

车子放在公社门口，不知怎么好端端地倒了，摔坏了一个车把。邻家不要车子了，说车子是花五十元钱从黑市上买的。于是，叔父把一年劳动收入——五十元红利从账上拨给了邻家，把那个一个把的车子留下来，自己骑；不嫌弃这辆车子难以驾驭的人，也骑。村里的人们诙谐地叫那车子是"凤凰单展翅"。

该怎样向你叙说我的叔父呢？我感到十分的为难。他家的墙壁上贴满了奖状，这些奖状都是历次运动中得来的。不论上面有什么指示，他总是忠实地执行。听人说，合作化初期，上级号召深翻地，于是他叫了一村的人，先从我们家的地上动手。爷爷站在地头，顿着脚说，那不叫翻地，那叫打井！由于把生土翻了上来，这块地三年没有好好长庄稼。

几十年过去了，村子里虽然稍有富足，但还有不少贫困的人们，我的叔父也在这贫困之列。告别家乡的那天早晨，我到他家去吃饭，看见我的没有媳妇的堂弟，正在发怒。他神经质地把墙上那糊得满满的奖状，一张张地撕下来，扔了一地。我的叔父苦丧着脸，蹲在门槛上，哑着烟袋，一言不发。我在那一瞬间对我的叔父产生了深深的怜悯。我想说点什么，可是，没有说出口来。

该怎样向你叙说我的叔父呢，我感到十分的为难。

我 的 堂 妹

我常常为堂妹的命运担忧呢。

一个普通农家的女孩子，平原上的五谷使她出脱得一表人才。那年我回来探家，她正在村头的古庙里上学。我到学校里去看她，在操场上碰见了她的几位老师。教室里传来了歌声。老师告诉我，那声音最亮的，就是我的堂妹，她也许将来要成为歌唱家呢。

到五里之外上完了高小，到十里之外上完了初中和高中，堂妹没有考上大学，也没有丝毫成为歌唱家的希望了，她回到了农村。母亲扔给了她一把锄头，什么话也没说，就随着上工的铃声，下地去了，走到半门上，回头望了望，女儿并没有跟上来，而是挂着锄，呆呆地望着门前的公路。提亲的跟着进门了。我的堂妹将要和她的母亲、她的祖母一样，嫁给一个人家，在平原上生儿育女，尽一个农家女儿的本分。

堂妹不甘于这种命运。大凡农村爱虚荣的女孩子，对城里人总抱有一种神秘感。

她们以为自己有几身城里人的衣服，就和城里人平等了。后来发觉不是，于是学城里人的烫发，学城里人的谈吐，学城里人的风度。直到最后，才突然明白了，这些都是表面的，城里人和乡里人的本质差别只在一点：户口！堂妹来到了城里，找到了我的父亲，过继给了我家。这样，几番周折，她安下了户口，找下了工作。我曾多少次劝告堂妹：生活是严肃的、残酷的，你应当安于本分。城市的生活虽好，不是属于你的。堂妹孩子气地笑一笑，不以为然。

彩虹在堂妹面前只闪现了一下，就消失了。堂妹的城市户口被下了，工作自然也没有了（她还是先进工作者），那些纷至沓来的求婚者，现在也销声匿迹了。

握着户口，站在农村和城市的交叉地带，堂妹秀气的脸上挂满了泪珠，她用求援的目光望着我们，可是，谁也无能为力。

城市容不得她，农村也容不得她了，她的那些女同学们现在都已经抱上了娃娃，她将作为一个笑柄被人背后议论，她自己也不愿以一个蒙受耻辱的失败者的形象出现在故乡面前。

她把户口装进兜里，找了个黑黑的、讨不起媳妇的工人。她在一夜之间由一个浅薄的人变成了深沉的人。她咬着牙，在城市的边缘居住了下来，靠打零工生活。

一年后，她为工人生了一个儿子。

庄稼姑娘的第二代在城市里出生了。由于母亲没有户口，儿子也就不给上户口。我不懂这些，我是听堂妹说的。她说子女的户口是随母亲的。

堂妹正在为她的儿子以正当的理由申请户口，据说已经办得差不多了。她很乐观，她生活得很艰难但很充实。她咯咯地笑着，逗着孩子。我们家族那种坚韧地与命运抗争的精神，看来，在她身上复苏了。

老爸的情人

我的父亲死于1992年。父亲是老干部，他死后，我们把他从医院抬回来，在小院里搭了个灵棚，供他的生前好友吊唁。那天，来了好多人，熙熙攘攘的。中午时分，突然一辆小汽车驶过街道，在我家门口停下来。车门开处，走下来一位穿一身黑衣服的女人。

女人已经有些老意了，但是身材还好。一条黑纱巾，将头整个地包住，又在脖子上围了两圈，只露出两只有些枯涩的眼睛。女人的脚刚一落到地面，就开始小声地哭，一副悲痛的样子，几乎栽倒。我赶紧走上前去，将她扶住。女人倚着大门，又哭了两声，然后亦步亦趋，来到我父亲的灵前，叫了一声"老高"，就全身发软，瘫坐下来，号啕大哭起来。

女人一边哭着，一边数落着"老高"，嫌这位亡人住院期间也不给她打一声招呼，让她未能见上最后一面。

这神秘女人是谁？在场的人都面面相觑，互相用目光探询，表示不认识。不过，我知道她是谁。除了我以外，在场的，还有另一个人知道她是谁。

我的母亲是童养媳。黄河花园口决口时，母亲一家从河南逃荒到陕西的黄龙山。那时，黄龙山流行克山病，母亲家除了她全部死于这个病。黄龙山托孤，六岁的她就给邻居一户高姓人家做了童养媳，十四岁完婚，成了我的母亲。

我的父亲在建国之初，是一个偏远县城的团委书记。那时，今天来吊唁的这位阿姨，是县上的妇联主任。由于工作上的原因，他们大约产生了感情，后来，父亲一纸休书，寄回高村，提出他要解除这桩包办婚姻。可怜的母亲，那时已经有了我。接到休书之后，母亲二话没说，抱着我，背着个包袱，回到了河南。回到河南以后，母亲也是举目无亲，想一想，又抱着我回来了。听母亲说，我离开高村时还不会走路，而重新回到高村后，已经能扶着炕边挪步了，并且嘴里还会说几句河南话。

这场戏后来以喜剧形式收场。乡间秀才的爷爷，这时候终于说话。他领着我们母子，赶到父亲工作的地方，用蘸了水的皮绳将父亲暴打一顿，又罚他在地上跪了一夜，尔后，将我母亲塞进窑洞，让她从此跟定父亲，当干部家属。安顿完毕，他老人家才满意地回来了。

这个一袭黑衣、黑纱遮面的阿姨就是当年的妇联主任，从她一走下车子，我就断定是她了，那副哀恸的样子，是一个用了四五十年的时间来爱一个人的人才会有的表情。

另外一个人知道这神秘女人的，就是我的母亲。

因为父亲的死，母亲突然解脱了，她终于用一生的时间将这个男人守住了，并且亲手将这个男人埋葬。这个平日卑微的女人，在那一刻，站在院里，冷冷地看着灵前哭泣的另一个女人，脸上露出一丝不易察觉的微笑，那是胜利者的微笑。"劝一劝你阿姨去！"母亲对我说。

那个神秘的女人在父亲的灵前哭了半个小时后，起身，站起，像来时那样突然离去。小车消失在街道的另一头。

这是一个真实的故事，属于我们家族秘史的一部分。多年来，我一直想把它写成一本小说，名字就叫《在我们百年之后，谁是为我们向隅而泣的女人》。如今我也已经渐入老境了，我常常想，在我百年之后，会不会也有个女人穿一袭黑衣，怀着哀恸悲戚的面容，到我灵前哭上一回。我想大约不会有了，那是那个年代的传说、那个年代的传奇。

几年前，我曾回过一次小城。朋友们拿出两瓶茅台，为我接风。我说一瓶咱们喝，另一瓶留下，我要拿去看一个人。然后，在那个月光凄美的夜晚，我轻轻敲开一户门。屋里，一位老女人正孤灯独坐。我叫了一声"阿姨"。我想，我的父亲如果泉下有知，一定会高兴的，尽管他这一生对我并不好。

选自《东方女性》2003年11月

家　　训

　　"做一个善良的人！"这是我们这个家族的一条家训。奶奶在我不谙人事的时候，就曾这样教诲我。当然她自己也是身体力行。

　　如今奶奶已经过世，作为补充，我是成长起来了，并向奶奶的那个年龄过渡。我是一个善良的人，这是朋友们和不是朋友的朋友们的公认。当然，为了这个"善良"，你得付出许多的代价，吃好多的亏。有时候，我真想也使自己变得凶恶起来，可是办不到。

　　我常常想，社会生活之所以还相安无事，就是因为有诸如像我这种善良者存在的缘故。用一句军事术语说，这些人作了"缓冲地带"。如果没有他们，世界只剩下些蝎子，那就会闹得不可开交了。

　　所以，我仍然这样教育我的儿子：做一个善良的人！

第一次学费

东高、西高、东安、西安，四个村子像四枚棋子，将一座古庙围定。这庙后来变成了学校。学校有四个年级，就叫高安小学。

婆说，黑建，你得上学了，不能再野下去了。爷爷拧着我的耳朵，用旱烟袋敲着我的脑袋，亦步亦趋，把我送到学校。这是1960年的事。

婆和爷掏净了身上所有的钱，凑够了五角，给我买了书本。书包是婆用老布缝的。一块钱学费，暂时没有，先赊着。

买铅笔和作业本是我的钱。过年的时候，我到大姑家拜年。叩一个响头，大姑给我五分硬币。我看这事能做得，就一连叩了四个，挣得两毛钱。两毛钱归婆保管，现在，它派上用场了。用八分钱买了两张白纸，锥本子，二分钱买了一支普通铅笔，剩下的一角钱，买了一支红蓝铅笔。书包一背，我成了学生。

一学期结束的时候，我还没有缴学费。在乡间小学，像这样赊欠学费的事很多，但是等学期结束前，就都会缴清的。

家里太穷，别说缴学费，就是连填饱肚子，都很困难。吃的是油渣、树皮、野菜、苞谷芯儿之类。阁楼上的麻袋里，有些干萝卜片，我每天早上上学的时候，沿着梯子上到楼上，抓一把干萝卜片充饥。记得曾经有过一回好吃食，那是婆晚上给生产队剥玉米时，偷了两个嫩玉米棒回来，半拃长短。

临近期末考试，班上只有四五个娃没有缴学费了。每次放学时，老师总要在队前大声训斥一顿："没有缴学费的，下午就不要来了。羞不羞？装着不知道！"

我自然很羞愧。回到家里，我赖着不去上学，我说不缴这一块钱，我是坚决地不去了。婆哄我，她说这老师是咱村的人，说归说，你只当没听见就是了，他不至于为难咱们的。哄得我背着书包又上路了。

最难堪的事情发生在考试前的那一天。班上只有我一个人没有缴学费了，这是大家都知道的事。上课的时候，老师说："你们知道，还有谁没缴学费吗？""知道！""知道！"教室里吵成了一锅粥，大家齐声叫着"黑建"这个名字。

老师伸出了两只手，向下压了压，要求大家安静下来。然后他说："同学们，大家羞他！"他说着，嘴里发出一声长长的嘘声。在嘘的同时，率先垂范，用指甲在自己脸上刮了一下，而后，伸直胳膊，直挺挺地指向我。

老师的这个动作很优美，全班的娃都模仿他。我处在千夫所指和一片嘘声之中。

我好久才明白了这是怎么一回事。血往我的脑门上涌，眼泪滴答滴答地滴在桌子上。我疯也似的离开教室，穿过田野，然后一头扑在婆怀里，号啕大哭起来。

婆解开她的大襟袄的衣扣，把我的头包住，用手紧紧地搂着我的头。直到后来，我的哭声渐渐减弱了，婆才问我："是怎么回事，谁欺侮你了？"

我哽咽着将这个故事讲完。婆不再言语了，她的脸变得异样的苍白，苍白得近乎庄严。

这天下午，婆拉着我的手，从东头到西头，从南头到北头，跑了一村，借够了一块钱。第二天学校是期末考试。考试前一分钟，我握着这一沓牛肉串一样的毛票，走进教室，端端正正坐在我的土台前。

我把毛票端端正正地放在土台的角上。当老师来取它的时候，我努力做到使自己不去看他。

这是我的第一次学费。

许多年后，当我在世界上游历了很久，重新回到我的遥远的高村、我的启蒙小学时，破庙依旧。我扶着庙门，听到室内孩子们的琅琅读书声，我感到我经历的那一幕，好像才是昨天的事情。

老师后来死了。有一天晚上睡到半夜，他听到轰轰隆隆渭河发水的声音，于是到河边去看。河中间有一块白色的木板，老师于是脱了衣服，下河去捞。他这一去就再也没有回来。听说，那是一块棺木，上面钉满了钉子，老师的水性虽然很好，但是，在接近棺木的那一刻，他一定是被钉子扎伤了。

婆也已经去世。她埋在一块地势高些的苜蓿地里。这里已经成为乡村公墓。当年，我那一块钱的学费，她是用变工的形式还给人家的。将人家的棉花拿来，经她的手纺成线，再将线还给人家。

我来到婆的坟前，我站在一片铺天盖地的紫色苜蓿花丛中，我对坟里的这位亡人说：让这位读书人，从世界上最好的一本书里，搜一段话，背给您听吧！

我们村子那些照明的历史

我出生在渭河边的一个小村子里。母亲说，我出生时天麻糊黑，正是掌灯时分，那时照明用的灯，是清油灯，点的是菜籽油。高高的灯台，上面托起一汪油，那灯捻子上的火苗一闪一闪的。不到一岁的时候，我就离开老家，去了延安。

1958年"大跃进"时，号召干部家属下乡，这样母亲又带着我们离开了延安，回到老家的村子。那时村子里点灯依然是油灯，不过灯台上，大多点的是棉花籽油，还有一些人家，开始用煤油灯。等到1961年，三年困难时期结束，我要回到城里时，我的爷爷正和村子的一群老汉，蹲在东墙根晒太阳。爷爷说，以后想要死，就容易多了，不用上吊，不用跳河，把个电线绳头儿一摸，一点痛苦都没有，人就过去了。好像是印证他的话一样，这时从官道上，来了一支长长的大车队，大车上拉着电杆，这块偏僻的平原就要通电了。

我没有等到通电，就离开了村子。在延安的时候，我常常想，爷爷什么时候死呢？左等右等等不来消息，后来我明白了，怕死的人才整天把死挂在嘴边的。

等到我又一次回到高村，是"文革"结束，"我们也有两只手，不在城里吃闲饭"那个运动中。这时，这块平原上电已经早早地通了，夜来大平原上一片光明。电这个伟大的东西，给平原上的人们的生活带来巨大的变化。给我最深刻印象的，是脱粒机。把麦捆子往旋转的机器里一扔，这麦粒和麦秸就分家了，十分省事。这叫我想起"三年困难"时期，整垛整垛的麦子垛，沤烂在场上的事。当时如果有这脱粒机，麦子就不会沤烂了，平原上的人们，也不至于挨那么多的饿了。

后来我当兵走了，当我又一次回到亲爱的高村的时候，电给人们照明，点亮了这亘古的平原的夜晚，电使用于各种农业器械。尤其是，在村子的旁边，建了一个三级扬水站。人们把渭河水抽上来，连送三级，灌溉这一块平原。

如今，因为过世的父亲埋在老家的乡村墓地里，所以我每年都要回去几回。我感觉到，我的那古老的村子，正在步入现代化，越来越成为西安的一部分。临潼区将我的那村子，规划为农村文明示范村，这样，修了水泥公路，从村边绕过，而村子里的街道，也经过整修，打了水泥路面。

尤其是，人们还给这个文明示范村的所谓街道上，安装了路灯。据说，这路灯还专门安排了一个人管理，夜来时，准时开灯，天亮时，准时关灯。那管这事的，是我的一个族里兄弟。

我感谢电这个有些伟大、又有些奇怪的东西。它改变了这个世界，它改变我们所有人的生活。我常常想，在那没有电的黑暗年代，这世界会是一个什么样子，而人们又是如何生活的？因为现在偶然地断一个电，满世界就会一片惊慌。

平原以外的故事

　　平原上的故事讲完了，这些久久萦回在我心中的人和事，现在，我把他们写出来了。其实，我一直在创作着它们：它们每一次涌上我的心头，就是一次艺术再创作的过程。

　　我始终认为，这种经岁月沉淀过的东西，才是艺术品。现在，在这远离故乡的地方，我把我深深珍藏的东西，慷慨地献给了社会，我因此而感到一种慰藉。慰藉之外，还有一种轻松感。慰藉者，我没有辜负生活的款待，我终于以自己的形式给家乡的土地上种了几行树木。轻松者，我把重负卸给了亲爱的读者了，让我们一起思考生活，思考人生，思考平原上人们的命运，继而把平原——这人类的最佳生存之地，建设得更美好。

　　每一位作家都是个魔术师，他用手中的笔——一支魔杖，将生活点化成艺术。我对每一位诚实地写作着的作家，都怀着深深的敬意和感激，不论他属于那个流派，现实主义也好，浪漫主义也好，魔幻现实主义也好，以至现代派也好。对于那些抱着虚假的态度写作的人，我常常怀有一种本能的厌恶。帕乌斯托夫斯基称那样的作品为"谎花"。小时候，我在院墙里面种了一窝南瓜，瓜蔓一直扯到墙外去。

那瓜蔓上开的第一朵花，美极了，像个琥珀黄做成的酒杯，垂在墙头上，向每一个过路的人炫耀。祖母笑着说："这枝花不会结果的，这叫'谎花'！"但愿我的每一篇作品，都不会是谎花吧。我常常这样告诫自己，我眼前常常闪现着祖母那洞察一切的眼神。

我多么想在故乡的田野上再走一走呀！幽暗的夜晚，白杨的叶子拍着热烈的掌声，渭河在远方喘息着，散发着泥腥味、草腥味，月亮从平原的另一头升起来了，像一个辚辚滚动的大车轮子，碾过我的头顶。

友人回乡有感

张维迎是我国著名的经济学家，之前在北京供职。如今，他回到了家乡陕西省榆林市吴堡县辛庄村。他想办法筹集了200万元，修了一座桥，从此，父老乡亲们进城再也不用跨沟了。现在，他又在村子里办了个辛庄课堂，给大家讲课。听课的人大部分是企业家以及他多年来攒下的人脉。

我很敬仰回到民间的维迎兄。中秋节那一天，我给他送了一些书，他托人来向我问候，还带了一些自家树上打下来的枣。后来，我又给他送了一套书，附赠两句话：进一步可以成为大师，退一步可以回到民间。维迎回答："我只想回到家乡，给父老乡亲做一点儿事情。就像作家赵树理回到他的山西老家，用稿费给村子建了一座化肥厂一样。赵树理曾说过，他亲眼看到化肥施在农民的地里，才有一点儿成就感。"

而今，年近九旬的阎纲从京城回到他的家乡礼泉县居住。我一步三拜，自西安而礼泉，拜见阎老。一刀上好的宣纸，一支定制的大毛笔，一摞自己的图书，一箱存了好多年的茅台酒，还有老班章茶呢，还有我写的字、画的画呢。我准备东西，像是要去朝圣。于右任先生是我的亲戚，三原人。阎纲是我敬重的文学前辈，礼泉人。我录于右任旧句，致敬阎纲先生，给他写了一副对联：苍龙日暮还行雨，老树春深更着花。

阎纲1932年出生于西安大差市东县门。1937年日本飞机轰炸西安，举家迁回礼泉。阎老说，在乡间的日子，少年的他就常组织一些活动。他还学会了唱秦腔、唱京戏，拉二胡。后来考入兰州大学，毕业后直接分配到中国作家协会，自此开始了近70年的文学生涯。

我说："你老人家如今回到了家乡，把最后的一点光也献给了家乡。"如今，阎纲和村子的那些老人，在路边一起参加自乐班，敲锣打鼓唱秦腔。阎纲马上90岁了，在故乡的土地上，他生活得很自在。我明白，阎老的心愿就是有一天倒下了，悄悄地埋在礼泉的后稷山下。

他说，今年被评为"最美银发"老人，是今生最特殊的一个奖项，悲欣交集。老了老了实老了，要过年了，距离终点又走近一步。

他对我说，前年国庆长假回老家，山美水美人更美，一批实力派作家何其优秀，我和他们互通有无，精神抖擞，不知胡须之既白，怎么一下子就老了？

"家乡味美羊肉泡，吃饸饹打搅团，越吃越喜欢！""能行，没麻达！"顷刻间拉近距离有了共同语言。他说每逢年关，想浇汤烙面，说礼泉土话。在礼泉县城的大街上，将两个方桌并起，阎纲和大家一起吃羊肉泡馍，"美美咥上一顿"。我牵着阎老的手说，先生是一位贤者，而自京城定居礼泉开始的那一刻，则又完成一次人生阶段的升华，接近和成为圣人。

驾长车踏破贺兰山缺

　　我正在抬头，仰望星空，王锋老弟发来短信说，要我谈一谈西安车展，这样我只好低下头来，回到人间。我是站在阳台上的，小区外面，是大马路，车流滚滚，小区里边，但有一点闲地方，也都停满了车。呜呼，在我不经意的这个年代里，偌大世界已经成了车的世界。

　　我不会开车，所以视那些会开车的人为尊敬。其实，本来有几次学车的机会的，可惜都让我错过了。一次是当兵时，连队要从新兵里挑一个人去军分区培训，回来开巡逻车，已经通知我要去报到了，这时候晚上睡觉时蚊子隔着蚊帐叮了我一口。是叮在大拇指上的。这样大拇指红肿，全身发烧，昏迷了三天（我那地方是世界四大毒蚊区之一）。

　　等我三天后醒来，已经有人去顶替我了。

　　第二次学开车，则是"非典"那一年。儿子大学毕业、考研，中间有一段间隙。他到驾校去报了个名，我也就跟上报了个名。儿子学会了，而我没有学会。这原因是学习期间，不断地有人给我泼冷水，说我反应慢、爱走神，正开着车，想起你的小说，车就开到沟里去了。我一想，也对呀，于是就放弃学车了。现在想来，真是后悔，谁说我反应慢，我打起麻将来比谁反应都快。

西安车展，听说已经举行十一届了，且成为全国五大车展之一。那么，谨献上一个只会坐车，不会开车的人的祝贺。当年我爷爷为了看一场三意社的戏，吃一碗西安饭庄的泡馍，徒步走了三天，才到西安；现在，不久前我坐车，沿渭河河堤路，四十分钟就到我的老家了。

过去觉得老家那村子，像掉到井里了一样，偏僻而又遥远，现在有了路，有了车，才知道原来就在西安城墙的外边。因此我想说以车代步是当代社会重要的文明成果之一。

我如果不去，父亲的坟头会冷清

清明节到了，黄帝陵那边打来电话说，邀请我参加今年的清明节祭陵。我母亲则说，她想回高村去，为我父亲去烧一张纸。我犹豫再三，决定陪母亲去高村。黄帝陵那边，即便我不去，照样年年热闹，高村我父亲的那一座坟头，我如果不去，清明节那天，会冷冷清清的。

父亲死在十六年前。死前他说，如果他死在夏天，就把他埋在陵北，将来再搬坟；如果死在冬天，就把他送回高村吧。父亲属龙，死在"二月二，龙抬头"那一天，人们说，如果能熬过中午十二点，他就不会死了，但是离十二点还差几分钟，他长叹一声，全身松弛下来。于是我们将他装进一口薄棺，去他单位要了一辆卡车，撒着一路纸钱，把他送到渭河畔上的高村安葬。

高村平原上的坟墓，当年是一个家族的老坟。那坟上通常长着高大的柏树，夜风吹来，嗖嗖作响。后来这些坟头平了，生产队专门辟出一块不能浇水的小土岗，用作乡村公墓。

虽然是乱扎坟，但是一家一户的老人，还是凑在一块的。比如我们这个家吧，那顶头两个坟堆，一个是爷爷的，一个是奶奶的，像两个正襟危坐的当家人一样。接下来，是我父亲老兄弟三个的坟，依次摆开。那情形，就像他们童年时候，蜷缩在父母膝下一样。

每年清明节的时候，全村人都会来到这乡村公墓，就连去城里打工的年轻人也都回来了。烧纸，磕头，响鞭，用铁锨垒坟头等等。通常，还会有自发秦腔自乐班在演唱，那唱得最响亮的人是我的堂弟。清明节过后，那些坟会被培上新土，坟头上会用土疙瘩压一张白纸。

我理解母亲为什么要去上坟。父亲的坟，一个直洞打下去，然后一南一北两个拐洞。那拐洞，一个父亲盛了，还有一个，是给母亲空着的。母亲已经风烛残年，像个风一吹就灭的油灯一样，所以她这清明节祭坟，第一是以儿媳妇的身份，向公公婆婆问安，第二是以妻子的身份去看望久违了的丈夫，第三，是看一看她的那个拐洞，是否安好。因为母亲对我说，她也有想走的意思了。

辑二　人生百味

汉江今夜从我枕边流过

汉江的中游有座山城叫紫阳。2007年4月的时候，我来到这里，参加当地人举办的茶文化节。小小的山城，万头攒动，为这个节日，外边来的人、当地的人，大家都激动起来，亢奋起来，县城街道上的每一块石板都在响。我听不止一个人说，紫阳的历史上，还没有见过这样大的摊场哩！

紫阳茶是大大有名的。在山上的茶园里，我对记者说，我很惭愧，我喝了大半辈子紫阳茶了，迟缓的脚步今天才来到这紫阳的茶山上、茶园里。在说这话的时候，我摘了一片茶树的嫩叶放在嘴里，咀嚼着。满口生津、满口溢香，在香的同时有一点点苦涩。那感觉，正像生活的况味。

我还对记者说，我是在北方长大的，我的笔也一直写北方的景物和北方的故事。对中国南方，我去过很多次或者东南，或者华南，或者岭南，但是总觉得有点"隔"的感觉。我的思维很难进入南方。现在，在这汉江边，这种南方的感觉终于找到了。有一条伟大的江叫汉江，这条江一肩担南北。中国的北方正是这样，一步一摇走入南方的山形水势，那树木植被，那人的秉性，正是靠这条江贯通的。

在紫阳，我还听到了最好的民歌。对于南方的民歌，诚实地讲来，我以前也是很难进入的。我更喜欢北方的那些黄钟大吕、慷慨悲凉的东西。但是在茶文化节的开幕式上听到那些陕南民歌，我眼睛突然湿润起来。那歌里有一种人生况味。我想，千年百年以来汉江两岸我们的先民们，正是唱着这样的歌子，一代一代打发着日月的。在千年之后，这个世界上已经没有了我们，世事已经沧海桑田、山谷为陵之后，这些头戴斗笠，身穿汗夹，肩扛锄头的山民，依然倚这条大江而活着，依然在唱着这千年不改的歌。

民歌中有"三千里汉江，三千里流动的画廊"的歌词。这是一个叫张宣强的紫阳籍作家编的。紫阳这么个小地方，出了不少的人物。张宣强大约算一个。我认识他，快三十年了。此外，还有一个新出的作家叫李春平，我这次也见到了他。李春平在上海打工，然后写了一本关于上海的故事，叫《上海是个滩》。上海好像评了个奖，不给巴金，不给王安忆，不给叶辛，给了这个从安康紫阳来的打工仔。这事一方面说明了李春平的书写得好，另一方面也说明了上海人大气和公正。

我还见到个摄影家叫何远波。这小伙子浅色西装一穿，长发向后梳起，像个海外华侨。大约，为赶这个盛会，紫阳在外边的人物都回来了吧。这何远波我知道，他在欧洲，拍了些金发碧眼、一丝不挂的美女回来，然后在全国各地办人体展，从而把中国摄影界弄得闹哄哄一片。何远波在西安办的那个展，我去看过。我一直不明白，这个摄影家是怎么动员那些模特脱衣服的。笨嘴拙舌的我，肯定做不到这一点。

我还见到个紫阳人叫黄振洲的，一肚子文化，满腹经纶，谈起文坛的事情，见解精辟、一针见血。我引这位黄先生为同类，我对他说，幸亏你的双脚被捆在紫阳，所以只能应了古人这"江湖居士闲处老"一句志话，倘放在安康，你就是安康的人物，倘放在西安，你就是西安的人物了。

我在紫阳只待了一天，也就是说，时对时，待了二十四个小时，然后在画家谭宗林的陪伴下，来到安康城。夜来，在汉江南岸，一边喝着新茶，一边看着沉静的、深邃的、仪态万方的、从身边流过的汉江。而在第二天，又去了一趟岚皋，知道岚皋新近出了作家黄开林、杜文娟、王晓云等。登上了南宫山，见到了诸如岚河、溢河这些蓝汪汪的汉江支流，见识了"远山如黛、近水如岚"这句古话。汉江是一条伟大的水流，一条一肩担中国南北的水流。夜来，在汉江边的一个旅馆，我不能入睡，我将旅馆的《旅客意见表》拿过来在背面写下以上的文字，以记述汉江给我带来的感动，以记述我对这条河的礼赞。

据说汉民族——这个称谓，就是因汉江而名，不知道我听来的这个说法对不对。

汉江发源于汉中的宁强县，然后一路走来，像一根藤一样一路结出许多的瓜。仅在陕西境内，它就孕育了两座重要的城市，一是气象森森的汉中，一是安详如水的安康，然后继续它的行程，三千里奔流之后，在武汉三镇与长江交汇。

据说这一江汉水，将南水北调到北京，以解北京的水荒。前些年有媒体说，北京面临迁都的可能，原因就是缺水。现在，这种担忧可以消除了，如脂如玉的汉江水，历史给了它这样的一个使命。

作为一个陕西人，我可以这样对北京人说，你们锅里的水，是我们陕南的，你们烧的天然气，是我们陕北的。

旅馆的纸用完了，我的这篇短文也该结束了。是一个早晨。汉江的又一个早晨开始了，安康这座城市已经苏醒，又开始了它新的一天。而在安康的上游，那个叫紫阳的小城，茶文化节既罢，那些一个一个紫阳人物，大约又开始他们的故事了。

你是千里马，但你还得叫

我有一位老领导，已经过世几年了，他有一个儿子叫黑海涛，如今是奥地利皇家歌剧院的首席歌唱家，海涛是如何取得成功的呢？这里有一个故事。

世界歌王帕瓦罗蒂到北京来的那一次，顺便去了趟北京音乐学院。机会难得，当时许多有背景的人都想让这位歌王听一听自己子女的歌唱。帕瓦罗蒂耐着性子听，不置可否。这时，窗外有一男生引吭高歌，唱的正是名曲《今夜无人入睡》，歌者就是从陕北山区来的学生黑海涛。他知道自己没有面见帕瓦罗蒂的背景，于是他要凭借歌声推荐自己。

听到窗外的歌声，帕瓦罗蒂说："这个学生的声音像我！"接着他又说："这个学生叫什么名字？我要见他！并收他做我的学生！"后来，帕瓦罗蒂亲自张罗黑海涛出国深造事宜（但终因意大利制裁中国而未拿到签证）。1998年，意大利举行世界声乐大赛，正在奥地利学习的黑海涛写信给帕瓦罗蒂。于是，帕氏亲自给意大利总统写信，终于使海涛成行，并在那次大赛上获得名次。

我们身边的这个奇迹告诉我们，你是千里马，但是你还得叫。如果没有黑海涛那一嗓子《今夜无人入睡》，此刻他大约会在一个中学当音乐老师。

伯乐相马是我们一个国粹式的典故。那故事说，看遍了槽上拴的马，正当伯乐失望地就要走开时，这时在马厩的一角，一匹瘦骨嶙峋的马突然清亮地嘶鸣起来。"听声音我就知道是一匹良马，虽然它是那么瘦，那么卑微，主人用拉车的标准衡量，故而嫌弃它。其实，它的抱负不在车辇与槽头呀！"伯乐说着，走过去，抱住这匹可怜的马。是那不同凡响的一声，成就了它千里马的命运。

我是在听到一位朋友谈到她大学毕业的女儿不安心眼下的工作，又要去深造时，想起了上面这些事情的。我在电话中说，时代变了，观念变了，人们有理由努力地表现自己。当人人都能做得更好，都把自己的潜能开掘到极致的时候，也正是我们这个社会大繁荣的时候。

契诃夫在一百年前说，大狗叫，小狗也叫，既然来到这个世界上，上帝就赋予它叫的权利。"叫"就是让这个世界认识自己价值的简捷途径。

我的拐杖情结

　　我有一个堪称伟大的梦想，想有一天，剃着个光头，穿上一件中式上衣，大裆裤，脚蹬一双圆口布鞋，然后，手里挂上一根拐杖，就这样一身行头，走上大街。我将那拐杖，笃笃点地。遇上那不喜欢的人，用拐杖磕他两下。到谁家去做客，人没到，那拐杖先到了，"咚咚咚"地先用拐杖捅几下门，然后扬声说："老高到了！"

　　还别说，前些天我真的这样实践过一回。那天我得了一根拐杖。他们说那是红木，上面有很多的节疤。拐杖很朴素，通体像一根粗些的树枝。那天我对自己说，胆子正一点，挂上它，今天咱们上班。

　　我一路走来，路两边的人都在看我，好像看一个老怪物。看得我心里有些毛。不过我还是硬着头皮走。路上还碰到几个熟人，他们关切地问我，腿是不是有什么毛病了，有把年纪了，要当心骨质疏松症。我说没毛病，我只是想挂拐杖而已。

　　临到单位的门口，我的自信心一下子没有了。面前是一座珠光宝气的现代化大楼。我是挂职，在这个有些洋派的大楼里上班。看看大楼，看看我，我突然觉得自己挂着拐杖的样子很滑稽。于是我将这拐杖提起，斜着夹在胳肢窝里。这样走了两步，越发觉得自己滑稽。那夹着拐杖的样子，不像个得道高人，倒像个讨吃的乞丐。

最后，我将拐杖两手平端着，走进大楼。有人问话，我先出语说：瞧这拐杖，好一件文物。

中国的文化人，大约临到有几岁年纪时，都有一种拐杖情结。记得哪一本闲书上，有"四十杖家，五十杖路，六十杖朝，七十杖国，八十杖天下"这句话。

这句话是不是说，人上了四十以后，就可以先拿着根拐杖在家里，试着适应它了。而到了五十岁上，就可以堂而皇之地拄着拐杖上路了。到了六十岁，上朝见皇帝时，也可以带着拐杖。人活七十古来稀，七十岁的老人，则可以拄着它全国每一个地方（包括进祖祠）都去了，无有遮拦。至于有可能活到八十，那你可以倚老卖老，一根拐杖周游天下了。

不过我的拐杖情结，除了受传统文化的影响之外，还得力于一首诗。这首诗是台湾旅美大诗人纪弦写的。纪弦是真正的现代派，五六十年代是台湾第一大诗人。后来大陆八十年代那些现代派们，只能算他的徒子徒孙而已。

纪弦的这诗叫《在地球上散步》。他说："在地球上散步，独自踽踽地，我扬起了我的黑手杖，并把它沉重地点在/坚而冷了的地壳上，让那边栖息着的人们/可以听见一声微响，故而感知了我的存在。"纪弦写这诗时，大约已经很老很老了，而已经也在美国客居许多年了。美国的这边正是中国，于是这位老者希望他的以杖点地的声音，这边的人们能够听到。诗人把他的孤独、他的思乡，这样表达。

我每阅读这首诗，就油然生出一种无法排遣的大忧愁。大洋彼岸那个手拄一根黑手杖的漂泊者形象，总令我动容。

我已经早过了"五十杖路"的年龄了。因此，这些年来，我其实一直悄悄地为自己收集着拐杖。最近得到的那个红木的，算一个。去年我"五·二三"采风，在商洛的金丝峡得到一个藤木的，前年去甘肃平凉的崆峒山，从黄帝问道处那个天梯往上走的时候，甘肃的朋友送给我一根杠木的。而那年我去陕西彬县（今陕西省彬州市），彬县的朋友送给我一根枣木的。这些拐杖中最初的那一根，是十几年前，四十岁那年，在陕西泾阳的张家山得到的。那是郑国渠博物馆里一棵柳树的树股。

朋友，如果有一天，你在西安街头，遇到一个不官不民、不工不商，说老不老、说小不小，似僧非僧、似道非道的家伙，挂着根拐杖，一路蹒跚，那说不定就是我老高。

孤 独 论

托尔斯泰在艺术的荒漠里走着，他几乎走入一种极限，所以没有一个人能陪伴他。形单影只，他感到一种刻骨铭心的孤独。他不敢向左右张望，因为左右同样是荒漠，这一张望，反而更会加深自己的孤独感。他也不敢向后看，后边有他的歪歪斜斜的脚印；再后边，灯红酒绿的贵族生活在召唤着他。孤独的人哪，他只有硬着头皮，向前，向着未可知的前方。

许多作家承受不了这种艺术进入纵深之后所给自己带来的压力，半途辍笔了；有些则成了疯子，把握不住自己了。

推开来说，不光是作家，从事每一种职业的人，当他进入一定纵深以后，他的心灵都会产生一种孤独感。哪怕他处在繁华的闹市，哪怕四周拥有一群崇拜者。

孤独是一种病态心理，同样，孤独又是人生的一剂补药，许多事情，都是在孤独中，经过深思熟虑而完成的。

将一个斤斤计较的人，放到一块荒原上去，远离家人，远离一切物欲，让他处在孤独中，那么，不用多久，当他静静的、以超然物外的眼光，对世界研究一番后，他就会对自己的过去哑然失笑了。

将一个浮躁的、为声名所累的人，放逐到一块荒原上，远离生活的位置，那么，孤独会将他的一切浮躁都磨灭掉，使他变成沉静的人。

那些从孤独中过来的人是不怕死亡的，因为在孤独中，他已经有机会对这个问题深思熟虑，还因为，他已经习惯于孤独，安静的地下对他只是一次时间稍嫌过长的休息。

那些一生浮躁的人是惧怕死亡的。他没有精神准备，他在临死亡的一刻会充满一种因孤独来临而产生的骇怕。这一刻，便对他的浮躁的一生进行了惩罚。

宽 容 为 好

一报载，全国旱情面积达3.1亿亩，2000多万人发生饮水困难，北京也受此威胁。读报、看电视，主要的版块仍被欢歌笑语占据，"天灾"的文字和镜头少得可怜。从某种角度看，这也带滑稽意味，只不过滑稽的深层悲剧意味着什么，我们仍不太懂。切不要再迷恋滑稽家的语言和表演！迟早，世界是会笑不出来的！

《文学自由谈》上的文章，大部分我都喜欢。例如谈王小波被中国文坛雪藏、封杀的一些文章，例如谈陈寅恪、傅雷、吴宓并论知识分子的人格建构的文章，都堪称是照亮混沌的思想界的火炬之光，金石之声。何满子先生的文章，虽有点脾气，但是他是过来人，遗老遗少一族，所以发发脾气，也可以理解。何况这脾气发得有理。

但是我不喜欢另一类的文章。例如嘲讽张中行为女作者写序的文章，例如批评谢冕编丛书的文章，例如评价某作家获什么文学奖的文章，我都不喜欢。我觉得，为人写序是两个人之间的事情，先贤为后学写个序，推而荐之，无可厚非，何必字里挑字，话里找话，把一个普通的"序"硬往色情上靠哩！姑妄说之，姑妄听之，多好。谢冕编书，我觉得也无可厚非，真正要学术研究，我倒觉得不如评价一下谢冕当年推波助澜，竖起朦胧诗旗号之事。中国新诗发展到今天难以为继的地步，谢冕是有责任的。为新诗发展计，探讨一下这事倒于世有益。余下再说某作家获奖这事。

别人获得一个什么外国文学奖，这奖立刻被抬到了天上，好像下一步就是获诺贝尔文学奖了。轮到地方某省有个作家获奖了，这奖立刻变得一钱不值。而且有好事者，像侦探一样打探内情，打探回来汇报说：这奖已经变了味儿了。我不明白，是因为这奖授给了小人物，从而变得一钱不值了呢，还是因为小人物获了这个奖，使这个奖变得一钱不值的？这叫什么逻辑？！文坛确实有大大小小的圈子，圈内的人，瞎捧；圈外的人，不许长吁三两声。

看到上面这些苛刻的文章，我常常脊梁骨发麻，额头冒汗。文化人又称酸儒、腐儒、穷措大。好多文章，令我都嗅到了这种酸腐味。中国文人那种思维缜密的小心眼、小心计、弯弯肠子，看了真让人不寒而栗。我终于明白，为什么秦始皇要焚书坑儒，要将会哼两句诗的人杀干杀净，"文革"为什么要称文人为"臭老九"了。文人的那种小心眼和刻薄的舌头，有时确实让政治家讨厌和头疼。（政治家的问题，是另外的问题，这里且不讨论）

这也许是这个民族的劣根性之一。

宽容一些吧，宽容待人，宽容待事。包容是一种美德。一个懂得包容的人是一个可敬的人，是一个对自身力量充满信心的人。一个懂得包容的民族是一个有力量和有前途的民族。老实说，中国的小说艺术放在一个世界文学的大背景下来看，和中国足球的不入流差不多。我们既然被称之为文化人，我们就该有个文化人的样子。我们应当负责地在我们为时不多的年龄中，将中国文学的距离和世界文学拉近一些。这才是正事。

我常常想，普希金是个花花公子，果戈理是个俗不可耐的市侩，妥斯托耶夫斯基是个嗜赌如命的狂热赌徒，莫泊桑则是一个拈花高手，（现当代那些艺术家们的病态种种，则更不用提了）如果是在中国，他们即使有九条命，也早被唾沫星子淹死了。

镰刀荒草

神说，地要发生青草。于是地发生了青草。是第三日的事。

——《旧约·创世纪》

我的心头长满了荒草，谁来收割？

哦，弯弯的月亮，你多么忧伤，你像一把镰刀。

——摘自一个疯子临终前没有说完的话

这是一个对现代人进行解剖，并且试图注释的故事。取名《镰刀荒草》的原因正如前面的两个引子所述。"引子"这两个字很有趣，它让我们想起了中药里用以作药引子的红枣、甘草、蟾蜍皮、蝉壳儿，甚至如鲁迅先生所述的一公一母两个蟋蟀之类。这是题外话。

《圣经》里说，神在造这个眼下已变得乱糟糟的世界时，让地上发生青草，于是地上发生了青草。而今，也按照上帝的意志所发生的青草，已经布满在这个地球上，它爬满地头，它和庄稼一起生长，它在人口最为拥挤的被名之曰城市的地方和那些人迹罕至不知镰锄为何物山的荒原上，同样发生。它万劫不灭，直至爬上城里人的阳台和农家的屋顶，爬上它一切认为应当爬上的地方。

我们的头脑里是什么呢？难道也是一块适宜于青草发生的所在吗？我不知道！但是我知道它肯定不是一个月球，尽管形状酷似。但它不是那荒凉、凄凉、干涸，寸草不生的月球，那样一件死物的。上帝既然已经有了指令，让青草自由地发生，那么我们的头脑这一片空地上，它肯定发生，并且繁茂有加。

这是这个引子的前一个。

后一个则是一个和世界不能和谐相处，终于以其中的一个主动撤离作为结束的一个人的话。这句话我是以转述以方式听到的。转述者是一个有许多才华，但是不知道将这些才华积攒起来，而是四处浪费的人。是这个朋友给我讲了一个临终前的这句话。

转述者说这个人有大才华，是一个世家子弟，大学的高才生。他后来是疯了。疯的原因是凡夫俗子的文弱身子扶不起这大才华。

那天晚上该有月亮，而且是一弦弯弯的、忧伤的月亮。世界上有一个人要死了。这个人让人将他的病床，抬到病房外面的月亮地里。弥留中的他，突然从病床上坐起来，用手撕着自己的头发，或者挠着自己的胸膛，用一种奇异的，仿佛从地狱的深处，抑或是人类那遥远的童年时代发出的声音，一字一板地吟诵道："我的心头长满了荒草，谁来收割？"

——他大约喊了三遍。这喊声宛若当年魏延站在城下，连呼三声"谁敢杀我"，话音未落，马岱挥刀，斩魏延于马下一样。但是这个精神病患者的呼喊，并没有能取得类似的效果。因为他和我们相隔，我们没有一个人，能走进他的"黑暗深处"（《黑暗深处》是康纳德一部小说的标题）。这个相隔，一个人和一个人的相隔，也许像地球和月球一样遥远。

见没有人回应，疯子深深地失望了。继而，他将下颌抬起，举头向天空望去。月亮，弯弯的月亮，照过故人照过今人并且仍将一如既往地照耀未来的月亮，像一把冰冷的镰刀，悬挂在空中。

这个可怜的人望着月亮，于是瞬间泪流满面。知道猫对着月亮洗脸这个民间传闻吗？他现在正该是这样。望着月亮，他笑了，疯子的笑声大约会是可怕的。他拾了两拾，想从病床上站起来，但是没有办到，于是乎，他取消了站起来的念头。他只是张开了手臂。

他张开的手臂。那姿势有些夸张和做作，像诗人的举杯邀月（比如李太白），又像演员的最后的谢幕（比如卓别林），在张天双臂的同时，他喃喃地说："哦，弯弯的月亮，你多么忧伤，你像一把弯弯的镰刀！"

他大约还有许多话要说。他已经找到了镰刀，但是还没有来得及收割荒草的工作，就轰然倒地了。

这是一个真实的故事。由于转述者将这个故事转述给我，而我又转述出来，这几次手倒过，它里面一定少了许多精彩的部分。这是一件遗憾的事情。但是，我自信我抓住了这个故事的真髓，和它那闪射出的某种可怕的宿命的东西。

这就是第二个引子的得来。

你看，一公一母两个蟋蟀，确实像药引子。而这就是这部小说名字的由来。

读者到这里也就明白了。我做这件事情的目的，是想拾起那个可怜的人没说完的话，做一个思想的收获者，挥起镰刀来收割荒草。"我是谁？我从哪里来，我到哪里去？"这是一句人类古老的"天问"。这部小说，我原先曾想以《我是谁》这个标题而名之。它和现在选定的这个标题是一样的意思，只是一个直接些，一个更像小说的标题而已。

我能够胜任吗？我能够将亡者那没有说完的半句话续起，继而说完吗？肯定是不能够的。我现在就有将一匹驽马塞进辕里，让它拉车，让它走也得走、不走也得走的感觉。

这件收割荒草的工作，或者说，这件以小说为形式而试图诠释生命的工作，我用的是一种有些奇异的语言。这语言你们已经读到了。它有点像一个酒喝高了人的窃窃独语。我称它为我的酒神精神。它的文体，则像一朵七瓣奇花，或者一颗有着七个角的星辰，或者一个长着七股杈的树木。它们每一个都可以独立成篇，都是作者试图对人的一种精神存在状态的诠释——但是它们合起来，又是浑然一体的，它们构成了一种对于人的全面解释——当然是我的皮毛的解释。

用解剖这个字眼更准确。因为这收割宛如从人的大脑中，用手术刀切下七个切片一样。我把这些切片放在显微镜下面观看，于是便就有了七个这还算有些趣味的故事。

解剖学的出现，令人类向认知的领域，大大前进了一步。它甚至直接地鼓励了毕加索的立体主义艺术，令他对生活具象手术般的阉割和肢解，令他将目光深入到四维空间。

那么佑护我吧，大地、天空、海洋，这二十世纪的艺术氛围，这人类进程中的一个壮丽阶段。让我登一次高，即便摔下来那是我自己的事。让我无痛无灾地完成它，起码在完成的这一段时间无病无灾。

我曾经是一个蹩脚的镰刀手。我曾经挥舞着蒙古式、哈萨克式的大刈镰，一揽一送，在那亘古的荒原上像一个真正的劳动者那样收割过。我的镰刀下曾经出现过莫奈式的干草垛。我的右手的大拇指上，至今还留着用石子磨镰刀时，不慎留下的一道伤痕。那么这次，让我挥动镰刀，再来一次收割的工作。

年过四十学说话

那一年，我和西影厂几个编剧拉话。提到某某人的时候，他们异口同声地说"那人'水'得很"。这个"水"字在这里是什么意思，我不明白。我问他们，结果我的询问把他们也难住了。几个人面面相觑，哼唧了半天，最后说，是说这个人"虚"得很，"浮"得很，不踏实。我还是不明白：这些字眼怎么能和"水"字联系起来？被询问者突然灵机一动，说，就像一条湿毛巾，水分太大。这次我是明白了，并感慨这个用词的准确和形象。

那一年，我和名作家张贤亮逛西安夜市。墙壁上有一个电影海报，电影海报上有一个"靓"字。张先生问我这是什么字。我说我也是这两年才碰见这个字的，知道它是赞美女性的，却不知道如何个读法。我说，该不会是个"倩"字吧。张先生说不是，"倩"字是人字旁一个"青"字，这字则是"青"字加一个"见"字。他说他查过字典，字典上也没有这个字，好像这字是从港台那边传过来的。这是1991年的事。如今，我已经知道这字的读音了。张先生大约也知道了。因为这字这两年越来越出现得频繁了。

那一年，桑拿刚刚流行的时候，我去洗了一次。又冲又洗又蒸又搓背，出来后我像脱胎换骨一样。街上遇见一个小女孩，是电台的主持人。听说我洗桑拿了，她问我"爽不爽"。我说"你说啥"。她把"爽不爽"这句问话又重复了一遍。这回我是听清了。我不明白这"爽"是什么意思，以为她是在骂我或嘲笑我，于是嘴里呜啦了一句，搪塞过去。回家后我请教正上中学的儿子，这"爽"是什么意思。儿子说是"舒服"的意思。我这才明白那女主持人不是在骂我，而是在问话。这"爽"字也是一个新名词，我想它大约是从"爽快""凉爽""爽心悦目"这些词组中截下来的一个字吧。

"酷"这个字眼，这几年已经大大流行了。见一个女孩，夸她"酷"，她会很高兴。"酷"是什么？前些年看日本电影演员高仓健那张冷峻的脸，觉得用"冷峻"这个字眼，总嫌文了一点。现在这个字眼有了，这就是"酷"。潘美辰的那菜青色的小脸，称"酷"。齐秦的一头乱糟糟的头发，称"酷"。女足的守门员高红，将头发染成黄色，像一道阳光，称"酷"。我宽容地看待"酷"字的出现和"酷"这种做派。这是对几千年来的贤妻良母形象、淑女形象、道貌岸然的君子形象的一种反动，它属于现代。

还有一些字眼，也造得颇有趣味。比如"讨个说法"，比如"有一腿"这些话。啥叫"有一腿"，放在宋、明、清年间，这不叫"有一腿"，叫"奸夫淫妇"；放在"文革"前，这叫"作风问题""男女关系"，或者再夯口一些说，叫"肉体关系"。这些事情，得武松、石秀那样的青面大汉，让手中的朴刀说话。现在的人是宽容得多，含蓄得多了，既不暧昧亦不动善恶之心，眼见这类事情，以一句平淡的"有一腿"调侃而出。"有一腿"是不是说，这个人的一条腿，塞到那个人的被窝里去了？或者另有说法另有出处，我不清楚。

我是一个完完全全的中国人。年过四十快奔五十了，却为一些中国话听不懂而发愁。这是个笑话。上面仅举几例而已。不过我宽容地认为，语言是在生长着的，给我们的汉语，再增加一些更为准确的更富表现力的字眼儿，未尝不是一件好事。因为平心而论，这些字眼的产生，正是因为社会生活需要它们，才应运而生的。纷繁世态，百样情感，话有三说，巧说为妙。如果找不到"巧说"，那么就再造一个字眼吧！

五十三岁时如是说

十年一觉长安梦，赢得白发初上头。人一上五十，就会明白许多事情。你不到明白的年龄，你不会明白，你只有到了这个明白的年龄，你才能明白的。

五十岁的时候，你会觉得这个世界，不像二十岁时那么一地阳光，也不像三十岁时那样悲观失望，亦不像四十岁时那样一步一险。那么五十岁时的世界是个什么样子的呢？回答是它就是事物本来的那个样子，或者用高发生老汉的话来说，就是"世界上的一切都没有道理，它的发生就是它的道理！"如此而已。熙熙攘攘，皆为利来，攘攘熙熙，皆为利往，几千年的人类都是这样走过来的呀，那么就让它继续走好了。你可以成为参与者，也可以成为旁观者，但是你没有必要成为评判者。

五十岁的时候，你会突然觉得世界如一场梦幻一样。一个被苞谷粥撑得成了大肚皮的小孩子，在高村的东墙根打了一阵瞌睡，一睁眼，发现自己已经是老头了。"江湖居士闲处老"，你会有这种感觉。你开始变得健忘，熟悉的人、熟悉的事，到了嘴边，你却怎么想也想不起来，怎么说也说不出来。你必须先进入那一种境况，然后沉沉的记忆才会被唤醒，于是事情脱口而出，人名脱口而出。

五十岁的时候，你的头发和牙齿已经开始掉了。当掉第一颗牙齿的时候，你在那一刻会有一丝伤感。人老原来是从牙齿先老的呀！托一颗牙齿在手中，你会想，这个物什是谁呀？它刚才还是我的一部分，和我一起去接受荣辱，但是现在说一声走，它就走了，成为一个独立的东西了。捧着这牙齿，你不知道该把它放在哪里才好。最后你想，它最好的去处是垃圾桶，那么让它走吧。

五十岁的时候，你大约还有一点恋旧。那些老柜子、老桌子、旧衣服、旧鞋，你搬一次家带一次它们。而在你的腰间，永远地衿着一根马镫革，那是白房子时代的东西，是作为骑兵，向你的马告别时，从马鞍子上卸下来的一件纪念品。你舍不得扔掉它，尽管有许多次换新裤带的机会，你最后还是衿上了它。也许那些用得久了的物什是有灵性的，只是我们不知道而已。

五十岁的时候，你当年的万丈雄心会慢慢消退。你明白了这个世界上的许多事情，不是你一厢情愿所能达到的。你明白了远处那虚幻的美景也许还不如家乡小河沟的那平庸的景色。你吃遍了天下的山珍海味之后，最后发现你的肠胃，它最喜欢的吃食是母亲顾兰子做的那一碗手擀面。而你那行尸走肉般的身体，你这北方人的身体，你这中国人的身体，在试过各种或流行或不流行的行头之后，它最适宜穿的是一件用最普通的面料做成的对襟青布衫子。而你的脚下，最适宜穿的是一双家做的布鞋。

五十岁的时候，随着越往艺术殿堂的深处走，你的心会越来越凉，你心目中那种崇高感和神圣感会越来越少，因为你发觉庙堂里供奉着的许多活着的和死去的神，都令人生疑。

五十岁的时候，你会有一颗感恩的心。感恩这个世界生了你，让你能够享受这春天的花、秋天的果、夏天的凉风、冬天的白雪，早晨的每一次日出和黄昏的每一次日落。感恩你这大半生遇到了许多好人——我这一生注定将会遇到一些重要人物。感恩你经历了许多事——我这一生注定将会经历许多不平凡的事情。

五十岁的时候，你会突然在某一个早晨眼前豁然一亮，变得我行我素。这一亮大约是由一个叫伍子胥的古代人物引起的。伍子胥破楚以后，将楚平王的尸骨刨出来，鞭尸三百。这时旁边有人说，伍将军，你要注意影响呀，别人会怎么说你呀，后世会怎么评价你呀！只见这老伍，把白发一搔，胡子一捋，慨然说，别人爱怎么想就怎么想，爱怎么说就怎么说，我都这一把年纪了，还有几天活头哩，我怕球哩！

五十岁以后的黑建，在这座北方大都市的滋养下，他的心智一天天地成熟起来，他的心灵空间明显地扩大了。他不停地写作，把他对世界的认识和概括告诉别人。而在从事文学创作的同时，他的兴趣还涉猎许多的领域，比如绘画，比如对中亚史的关注，比如对他的高村平原故乡的考证。

一切都那么自然，并不是刻意要去做些什么，而是生活找到了你，要你这样，你只是顺应它们的需要，去做就是了。

六十初度，马齿徒长

今天是我的六十岁生日，接到朋友许多的短信，我用："六十初度，马齿徒长，而已而已"十二个字来回复和答谢。"马齿徒长"是一句老话，据说，马的牙齿一生都在长着，人们要看马的年龄，扳开嘴巴，看牙齿长短就行了，"三岁口"，"五岁口"，"七岁口"，这样来说。"马齿徒长"这句话，大部分的意思是自谦，宛如"老朽"二字，其次，像隐约间还有点"倚老卖乖"的意思。好像是！

人生一个阶段是一个阶段的境界，一个弯弯有一个弯弯的风景，你的脚步得走到，你才能"过而知之"，你没有走到，纸上得来终觉浅。

我三十岁的时候觉得整个世界都是你的，下笔千言，倚马可待。四十岁的时候整个思维正处在文学的梦魇之中，像个魔术师那样躲在斗室里，眼睛红勾勾的，像小孩子玩积木，一砖一石在建立着自己的艺术帝国。五十岁的时候，我突然迷恋上了一位古代将军叫伍子胥的。伍子胥破楚以后，将楚平王的尸骨刨出来，鞭尸三百，旁边人说，伍将军呀，你要注意影响呀，别人会说你不宽容的。只见这位将军，将胡子一捋，眼睛一瞪，叫道，我都这一把年纪了，怎么舒心怎么来，要影响干什么。我行我素，别人愿意怎么说就怎么说吧！

六十岁的时候，心境归于一种平和。长安城厚重文化的滋养，民间文化的滋养，古文化的滋养，儒释道古典哲学的滋养，叫我坠入一种"长安深泽大潭，宜养千年老鳖"这样的生存状态中。我开始慢节奏地活。我明白了凡事都有定数，我明白了世界上最美的风景，其实就是你小时候家门口的风景，你的脾胃能接受的最好的吃食，就是粗瓷大碗盛来的那一碗面。你微笑地看着这熙熙攘攘的世界，守住自己，守住一个文化人的底线。

年关到了，我真诚地祝愿我们祖国好。祖国有五千年了，一代一代传承，直到今天，家族也一代一代传承，直到我。佛祖有五百身，五百次出生，五百次死亡，五百次转世，五百次轮回。终于历尽磨难，铸成金刚不坏之身。我们的祖国呀，她总是能一次次的凤凰涅槃。站起来继续前行，愿她好，爱她！阿赫玛托娃在《祖国土》中说，她是黑土地，她是广阔的原野，她是西伯利亚道路上扬起的浮尘，她是我们指甲缝里的一丝垢痂！而我在这里还想补充说，她是几千年来吸纳了我们全部历史全部感情的一个承载体。

谢谢我亲爱的读者们，谢谢我所有认识和不认识的朋友们，谢谢这个世界，她慷慨地给我这么多思想和这么多丰富的人生！

2014年1月27日于西安

人 生 百 味

一

秋风把最后一片叶子摘去了,大树在一瞬间多么孤独,正是在这孤独的坚定不移的守望中,来年春天,它赢得了更多的朋友。

二

我喜欢一个人在田野上独处,远离了家人,远离了生活的位置,然后怀着忧伤的思绪,点燃一支烟,静静地沉思。

三

我曾经走过许多地方,阅历丰富了我的思想;我曾经有过许多次的绝望,在绝望之后,我百炼成钢。

四

我有时候埋怨这个地球太大,将我的友人撒在海角天涯;
我有时候埋怨这个地球太小,被那些庸人挤得无处下脚。

五

苦难是人生的一位老师，它会告诉你生命的故事；在那苦难的波涛之上，勇敢者扬起他不屈的旗帜。

六

淡蓝的天空有时会出现云朵，那是我为祖国唱起的情歌。这歌声会随风飘得很远很远，连同我的名字，传到异乡他国。

七

我用诗歌记录下时代的痛苦和幸福，我是一位不修边幅的农民的儿子，我曾经长久地趴在大地上，用我的眼泪浇灌了五谷。

八

在我梦幻般的游历生涯中，亲爱的家人请不要把我叫醒；不要嘲笑我对祖国的一片痴情吧，也许这番痴情，会得到相反的报应。

九

大千世界，芸芸众生，我的远宗和近族的姐妹和弟兄，我常常在暗夜里走到你们身边，泪水湿润了我的眼睛。

十

我爱在冬天的时候走上街道，看满天的雪花在身前身后飞飘，然后叩击着每一家临街的窗户，告诉他们说：穿好棉衣吧，冬天到了。

十一

我爱漫步在春天的草原，信马由缰，做一个不谙人事的少年，云雀成团地在鞍前马后翻飞，绿色的地平线向远方伸延。

十二

大家都在这个世界上活着，完成一次传宗接代的工作，不久就有人来接替我们了，我们的一切，他们将会评说。

十三

人哪，人不能活得太久，应当活到适可而止的时候，假如我有一天不能干事了，我就像猫一样，离家出走，寻找归宿。

十四

但我毕竟在地球上走了一遭，尝遍了人生的各种味道，被人爱过，也被人恨过，仅此一点，我就应当满足了。

十五

我将这样走完了生命的全程，我用诗歌作为我的《墓志铭》，也许就用你刚才读到的这首，也许那一首还有待完成。

酸 奶 子

　　酸奶子是一种令人咋舌的清凉饮料。它前几年曾经受到北京人的青睐，北京的风潮未落，上海便又开始风靡了。上海的《新民晚报》曾刊登专栏文章，介绍酸奶子的酿制过程，以及它在中国受人重视的历史，晚报的文章说，追溯起来，酸奶子传入中国，大约有100多年了。100多年前，一个德国人在北京开了一家冷饮店，冷饮店以酸奶子赢得了大量顾客。我不揣冒昧，给该报去一篇小稿。经编辑珍贵的手笔而润色，小稿以《酸奶子非自今日始，茇茇草焉能做扫把》为题，全文刊登。

　　我曾经有幸饮用过蒙古人用马奶酿制的略带黄色的酸奶子，曾经饮用过哈萨克人、维吾尔人用牛奶、羊奶酿制的雪白的酸奶子。有理由相信，这种食品很早就风行于这些以奶制品和肉类为主要食品的罗曼蒂克的民族中了。

　　这种美味佳肴是上天的恩赐。也许，一位牧羊姑娘将一锅奶子煮沸，准备提取上面飘浮的酥油，并且用下面沉淀的奶渣做奶疙瘩，这时，情人在外边打起了口哨。姑娘火急火燎冲出去了，第二天早晨，当她记起她的工作的时候，结果，奶子已经发酵，黏糊糊的乳状流体膨胀了满满一锅，并且溢上了锅台。这时节必须是在夏天。姑娘吓坏了，她用指头蘸起一点尝了尝，有点奇异的芳香，有点略带寒意的酸涩。这时父亲走过来了，姑娘急中生智，说这是她新学习的一种酿制方法。父亲相信了，相信的理由是这食品确实可口，于是，酸奶子便这样流传开来。

我相信，在那交通闭塞、语言不通的遥远年代，各民族都是靠自己的智慧首先发现这种酿制办法的，所以他们都应当第一个拥有专利权。

我的养生之道

陕西作家中，路遥、邹志安早逝，剩下的，病病快快者，不在少数。北京座谈会上，大家见我完成《最后一个匈奴》后，仍然健步如虎，凶悍无比，都有些惊异。何镇邦先生说：作家中，能像高建群一样，一番强力劳动后，身体仍有这么好的，不多见！

其实我身体并不好，当兵时就有关节炎、坐骨神经痛，抽烟抽成了肺气肿，等等，所谓的身体好，只是相对而言罢了。

大家问我如何调节身体的，我说：能吃，能睡，能干活。

我十分能吃。吃相像猪。一顿饭少吃了，就感体力不支。所谓的节食，所谓的保持身体各部分比例这些话，于我行不通的。过去地主雇长工，先看能不能吃，理论是能吃就能干。"吃"这一条，我占着了。

二是能睡。不管天塌地陷，写《最后一个匈奴》的一年中，我每天中午都要有两个小时的觉。东床坦腹，鼾声如雷。

三是能干活。进入创作状态，仿佛进入气功状态，每日五千字甚至万字已避之三舍，我独陶醉在自己设置的艺术境界中。丢掉了职位，丢掉了职称；包括所谓"突出贡献专家"的事情，我都双手推出门外。我将自己这时的状态，比作"一架失控的航天器"。

如果说有养生之道一说的话，如是者三，正是我的养生之道。

如果说我拼命地写作、拼命地抽烟，尚对身体无所大碍的话，正是得力于这种无为而为。

有读者倘若还不满足，继续刨根问底的话，那么三条之外，我再补一条，叫"有屁就放"。

少不更事，视放屁为丢人的事情。有了屁，一定要夹住。实在夹不住了，就慢慢地、"咝儿咝儿"地放出来。响屁不臭，臭屁不响。这样的屁，即使在野外，也是很臭的。

记得我们班上有个女同学，上自习的时候，"喵儿——"一声放了个即就平和了的屁。"有猫！""有猫！"大家喊着，稀里哗啦地关窗子，然后低下头来，满教室找猫。那女同学"哇"的一声哭了，跑了出去。她后来转学了。

我堂堂正正地放屁，是从部队开始的。

边防站有个姓陈的副连长，号称"把子"，并不见累，并不伤身，其时，是"响屁筒子"。从连部到饭堂，约五十米距离，每次吃饭时，他都用筷子敲着碗，翘着屁股，一步一屁，走完这五十米距离。医生跟在后面起哄，说这放屁，是胃功能良好的表现。

不过副连长的身体，确实很好，红光满面。他是老边防。在单调的、艰苦的边防线上，难得见到他这么好的身体。叫他兵痞也好，叫他老兵油子也好，他不计较，他只图自己的身体实受。

我就是从那时候开始放屁，而且从此响屁连连。

遇到不顺心的事情，两个响屁，气就消了。遇到胃不舒服，肠胃不畅，挣扎着放两个屁，胃立马就平和了。有时写东西，抽烟抽得头晕，脑压过大，我调动意念，从头顶顺着脊梁骨，一直向尾椎骨排遣，直到一个响屁歌唱着喷出，立即神清气爽。有时收了笔后，不能入睡，这叫"块垒在胸"，于是努出一个屁来，立即化解块垒，安然而卧了。

好像是郑板桥说：家居不可一日无竹！于我，则是不可一日无屁也。

养生之道，因人而异。我是如此，援笔写出，搏读者朋友一笑。

出古城西安，顺西安至包头的公路，经黄陵、经延安，穿越陕北高原。尔后取道三边，溯黄河北上，直指银川。路途中先是连绵起伏的黄土山，出了山的包围之后，眼前豁然开朗，平展展的沙地，直铺天际，孤零零几棵树木，立在远处。长城的残骸，隐约可见。隔一段，长城便有一个烽火台。烽火台因为岁月的剥蚀，仅剩一个半截土包，同行的作家周涛说，那像太监的生殖器。

一架失控的航天器

回忆创作《最后一个匈奴》的那些日日夜夜，记忆只是一片空白。我觉得自己好像做了一场梦。我这一生，做梦的时间也许太长了点，天性使然，没有办法的事情。

《最后一个匈奴》的创作从1991年6月4日开始，到1992年6月13日画完最后一个句号，也就是说，用了一年零十天。

但是它的酝酿与构思却用了十年。我用十年的时间，令这一大堆庞杂的、无序的材料驯服和归顺，为小说寻找一个框架，一种叙事风格，一种描写视角，当然，最主要的是，让人物圆满，让人物不但作为故事人物，而且成为一种文化载体行动和动作。

我确实不记得我写《最后一个匈奴》时的情景了。那些日子，我像一个拼命旋转的陀螺、一架失控的航天器、一个精神病患者那样地拼命写作。现实的世界和臆想的世界已经分辨不清了，我无意识地睡觉，无意识地吃饭，无意识地在街上行走，除这些以外，剩下的时间，就是趴在桌上写作了。

我每天早上大约八点或八点半起来，穿上衣服，从床上滑到桌子跟前，开始写作。这时大脑是一片空白，有点疼，有点麻木，我点燃上一支烟。烟雾腾腾中，人物出来了，是真实的人物还是我臆想的人物呢？我不知道。我只知道匆匆地抓住笔，他们开始行动了。大约到十一点时，可以写两千字。这时我停下来，洗脸刷牙，然后到楼下去提一次开水。

中午吃完饭后，我一定要睡一觉，让大脑休息一下。两点半或三点，爬起来再写。到六点时，写两千字，这时停下来，到院子里去转一转，回来吃饭。

晚上把看《新闻联播》当作休息。看完新闻后，我一个人又回到自己房间写作。任务仍然是两千字，但有时会收不住笔，一直写下去，直到凌晨一两点钟。

我写得最多时一天写过一万六千字，写得最少时一字未写。平均下来是每天五千字。

人物和事件填满了我的脑子，人物在经受精神受难时我也和他们一起受难。恍惚和痴呆，大约正是我这时候给人的印象。我像一段被感情烧干的枯木一样，但是我强令自己继续燃烧。"创作是一种燃烧"，这话只有过来人才能说出。

在写作的过程中，我掉了三颗牙齿。牙齿总是要掉的，今天不掉，明天也会掉的。但是，它们掉得是不是快了点，早了点。我将掉了的牙齿放在掌心，听着楼下的男欢女乐，我在那一刻突然掉下泪来。关于牙齿问题，我请教过几个中医，一种解释说，写作时大脑高度紧张，血涌到头上，血热，热掉了牙齿，一种解释说，这是我抽烟过多的缘故。

以每天三盒烟计，一年多一点的时间中，我抽掉了一百多条烟。这真是一个可怕的数字。我现在还不明白，这一百多条烟都到哪里去了，如烟消，如雾散，或者是牢固地留在我的肺里和胃里了？我的父亲于去年死于肺气肿，将来我的加着黑框的讣告，大约也会是以这件事来搪塞世界的。但愿我以后少抽一点烟（我现在不创作的时候，已经降到每天两盒），据说一支香烟的尼古丁可以毒死一只老鼠，这话不知道是否当真，不过，它听起来总让人不寒而栗。

在写作的后期，我的身体极度虚弱，连说话的力气都没有了，懒于和人说话，走路时经常扶着墙壁，曾想到挂一根拐杖的问题。我常常担心，怕自己睡过去以后，就再也不会醒来了，而作品还搁在半截，那我即便是进入三尺地表之下，也不会甘心和安宁的。

我写作前称了一下体重，是一百六十五斤，写完以后，体重成了一百五十二斤。就是说，少了十三斤。所幸的是我这个人真能吃，因此现在体重又恢复了过来，大约到一百六了吧。

当我进入最佳创作状态时，前面我说过，像一个拼命旋转的陀螺一样，像一架失控的航天器一样，像一个目光狼狈、精神错乱、焦躁不安的精神病患者一样，那时，理性已经消失，梦境开始出现，那时，我感到我被书中的人物和故事牵着走，我只是机械地记录下这些人与事而已。

最好的创作时间是在晚上。那时，四周死一般寂静，整个世界好像都不存在了，你伏案疾书，你感到，在你的窗外，半天云中，仿佛有一位圣者，正在絮絮叨叨，向你口授。

每位作家的身边都站着一位守护神。在创作《最后一个匈奴》的过程中，我案头必备的两本书，一是《印象派的绘画技法》，一是拜伦的《唐璜》。

要把一个世纪的高原历史，错落有致、和谐妥帖、章法有度地表现出来，这主要得力于印象派大师莫奈、德加、凡·高、塞尚等的影响。我学会了摆布人物和情节，学会了将艺术的某一个特征发展到极端，然后在峰顶重造和谐，就描写的角度而言，也学会了在描写20世纪的每一个经典时间时，以一个人物的视角，从事情的核心穿肠而过。

拜伦则教给我大气度。经典作家中，大约只有莎士比亚和拜伦，才有这种处理题材的能力，他们挥舞着魔杖，一路走去，所有的材料都可以塞入作品，所有的路途物都经魔杖点化成金。

《最后一个匈奴》写完了，发表了，并且在北京召开的座谈会上得到很高的评价，认为是一件大器的作品，认为作者基本上完成了他要写一部世纪史的创作意图，甚至有评论家认为，这是一部中国式的《百年孤独》。

记得，当为长篇画完最后一个句号时，我趴在桌上，大哭了一场。我对自己说："你是不可战胜的！"这个"不可战胜"并不仅仅表现在他完成了这样一部作品，而在于，经历和承受了那么多精神上的惊涛骇浪以后，这个人并没有发疯，失控的航天器又回到了轨道上。

但是现在我想说，虽然我写作得很苦，苦不堪言，以生命为代价，但是，在这个世界上，一定有人写得比我还苦，因此，说这些是没有意思的事情。我的作品毕竟发表了，社会慷慨地为我提供了一次和同类、和现世界以至未来世界对话的机会，而他们却没有。所以，我是幸运者。

一个越境老兵的流浪人生

1957年秋，一位老兵在边界放牛，不慎越境赶牛时，被五个蒙古国士兵抓住，送到了蒙古国首都乌兰巴托，关了三年监狱。出狱后，便开始了他的流浪生涯，当他死而复生，回到阔别多年的故乡以后，令人悲哀的是，亲哥嫂却不承认眼前的人是他们的弟弟……

陕西合阳人华侨老梁

华侨老梁是和我一个火车皮的兵。我当年在路上的那些经历，华侨老梁都经过。当火车停下后，男左女右，大家下来解手，这时有个老实的男兵，跑错了方向，到了女兵那一边，于是，在大家的哄笑声中，他赶快提起裤子，从火车底下钻过来。我说的这个新兵，就是华侨老梁。

华侨老梁是陕西合阳县人，家里是农民。当兵的前一天，父母匆匆为他娶了媳妇。新婚之夜，睡到半夜，老梁伸出手来，将媳妇的头发偷偷地摸了摸，动也没敢动。这一夜就过去了，公鸡一声啼叫，老梁穿上军装，先到乡上坐汽车，再到西安坐火车，就这样走了。

老梁和我们是在黑山头前面分的手。汽车载着他们到阿勒泰，他们要去的地方是中蒙边界，部队番号叫302。

在阿勒泰接受三个月新兵训练后，老梁被分到红山咀边防站。

红山咀位于友谊峰东侧，它与白哈巴边防站接壤，不过，中间隔着一个终年积雪的友谊峰。

每年，红山咀边防站要组织一个小分队，骑上马，走上一个月，到达友谊峰顶，和白哈巴边防站会一次哨。

我没有到那里，不过可以想见，它在高高的山顶上，位于阿尔泰山深处，人迹罕至。

边防四团李团长感慨地对我说，那地方真正是一块雄性的土地，因为只有身强力壮的男人才能在那里生存，女人，包括雌性动物都无法生存。

李团长向我讲了一件事。

某一年的五六月间，红站的羊群、马群和家养的狗，突然都骚动不安起来。把边防站闹得翻了天，大家还以为是要闹地震了，突然，从远处的山口上，过来哈萨克族牧民转场的畜群，于是，边防站的羊群、马群、狗像决了堤的水一样，一齐向山下冲去。

它们冲下去干什么？团长没有细说，后来我揣摩了半天，才明白团长这个故事的结尾：这些雄性的牲畜是赶下去交配。红山咀有半年时间封山，与外界不通。

我的战友华侨老梁，就在这个地方当兵。

乌兰巴托的流浪汉

1975年，老梁给边防站放牛。有一次，牛越界了，老梁瞅四下没有人，就涉边界河去赶牛。结果，被五个潜伏在河边的蒙古国士兵抓去，送到蒙古国首都乌兰巴托，关了三年监狱。红山咀这边，发觉老梁失踪，找了几天，活不见人，死不见尸，便判定老梁已经死亡。于是向上级打了减员报告，并向老梁的家乡发了烈士通知书。

出狱后的老梁，开始在乌兰巴托街头流浪，做过小偷、当过小工、捡过破烂、要过饭。大家都不知道这个不会说蒙语的中国人是从哪里来的，纷纷欺侮他。据说，蒙古国的黑社会很厉害，老梁挣来的一点小钱，也都被这些黑社会抢走了。

后来，老梁遇见了一个在乌兰巴托定居的中国人，也是一个兵，这个老兵可怜老梁，于是出面庇护他，帮他要回一部分被人敲诈走的钱，帮他定居下来，还给他找了一个蒙古国女人成了家。

张主任告诉我，华侨老梁和蒙古国媳妇一共生了三个娃，两女一男。

随着中苏关系的缓和，中蒙关系也趋于缓和，这时有好心的人对老梁说，你试着给中国驻蒙古国大使写个信，谈谈你的身世，说不定，大使馆会帮你回去呢。

这样，老梁便给中国驻蒙大使馆写了封信。

有一天，夜色苍茫中，老梁一家正准备吃饭，突然门外响起了汽车声。接着，一辆小车停在他家门口，车上走下来三个彪形大汉，只说"跟我们走一趟"，便将老梁拉到车上，蒙住眼睛，开着车走了。

车走了很长一段路程，当老梁脸上的黑布被揭开以后，他到了中蒙边界的一个会晤站里。

阳光很刺眼，老梁揉了很长一段时间的眼睛，他不知道这是什么地方，也不知自己该怎么办。

直到蒙古国士兵朝他屁股踢了一脚，又指了一下眼前的这座会晤桥，老梁才懵懵懂懂地踏上木桥，接着，跨过木桥中间那条白线。

烈士老梁就这样死而复生。

烈士老梁死而复生，亲哥嫂却不承认老梁就这样回到家乡，陕西省合阳县那偏僻贫穷的小山村。

更可悲的事情还在后边。

老梁来到他当兵走时父母送他的那个村口，发现村口竖着一埠小小的烈士纪念碑，那碑上写着老梁的名字。

老梁来到自己门口，发现破旧的大门上挂着"光荣烈属"的牌子。

老梁回到家，他的父母已过世，他的那新婚一夜的妻子早已不知去向，现在的家里，只有他的哥嫂。

他的哥嫂不承认眼前这个陌生人是他们的弟弟，烈士通知书告诉老梁说，他们的弟弟已经在许多年前死了，白纸黑字。

面对这一切，连老梁自己也给弄糊涂了，他真怀疑自己的那些经历，只是一场梦。

老梁站在挂着"光荣烈属"招牌的那个门楣下，大哭一场，然后摇摇晃晃地离开了他的家乡。

这人无名无姓，连自己都不知道自己是谁的人，开始在中国大地上流浪。

较之乌兰巴托的流浪，这回更悲惨。那一次，毕竟还有一个寄托，知道远方那一片丽日蓝天下，是他的桑梓之地，他的根。现在，他则真正成了一个无家可归的人了。

老梁究竟流浪了多长时间，流浪到什么地方，我们不知道。

还是军队收养了老梁

老梁流浪到新疆，流浪到阿勒泰，流浪到红山咀边防站。

他来到当年越境时的那个小河边，号啕大哭。为自己悲惨的遭遇而哭，为命运落在自己身上的这巨大的苦难而哭泣。

他一边哭一边喃喃地说："老梁没有死！我就是老梁！"

后来，一辆前往红山咀的小车在老梁身边停下。这就是阿勒泰军分区一位首长，他是来红山咀检查工作的。

老梁离奇的遭遇叫人感动。首长将老梁带回了阿勒泰。这是1992年的事。

张主任对我说，他第一次见到老梁的时候，老梁不会说汉话，别人问他话，他得愣上半天，才反应过来。不过现在，他已经能结结巴巴地说汉语了。

军分区将老梁收了回来，在军分区营房科工作。

大家帮忙，又给老梁找了一个汉族媳妇。现在，已经有一个孩子了。

张主任说，老梁现在生活得很好，一个月一千多块钱工资。营房科的事也不忙，他是修锅炉的，锅炉也不常坏。平日，他就在营房里转悠，遇到谁有个什么事，他立即赶过去帮忙。举例说吧，来了一车西瓜，你给老梁说："华侨老梁，你去把那一车西瓜卸下来！"说完你就不用管了，老梁会饭也不吃，午觉也不睡，将这车西瓜卸下来码得好好的，然后找到你，打个立正，报告你任务已经完成。

老梁能有今天这样一个不错的结局，也算否极泰来，生活对他的一种补偿吧！

这就是我的战友华侨老梁的故事。

附带说一句题外的话。

蒙古国曾经是中国的国土。1912年蒙古国在当时沙皇俄国的支持下，宣布脱离中国而独立。蒙古国的独立，其实也是沙俄尼古拉二世的"黄俄罗斯计划"的一部分。1917年俄国十月革命后，列宁宣布蒙古国的独立无效，并宣布交还沙俄侵占中国的一百五十多万平方公里的土地，废除一切不平等条约。由于列宁过早去世，列宁的诺言并没有兑现。1945年，美英苏三巨头的雅尔塔会议期间，斯大林提出承认蒙古国独立的事实。1945年8月，当时的中国国民党政府接受雅尔塔会议的各项议案，蒙古国从此建立。

一堵墙对另一堵墙说什么

一

我一直期待着中国文坛能出现一种尖锐的批评声音。现在黄先生的文章给我们带来了这种声音。这是一件叫人高兴和值得赞赏的事。而对于我个人而言，尤其值得高兴，因为这批评是针对我的。如果我能成为一个靶子，供大家练手，只要有利于中国文学的发展，我会很高兴。高呼着"向我开炮"的那感觉，大约会很悲壮。

二

黄先生的文章叫我知道了，在目前中国文学如此不景气的情况下，至少有一位可敬的读者，是如此认真地看过我的作品。我们为什么写作？我们写作的全部的和唯一的目的，正是渴望交流，渴望沟通，渴望心灵与心灵的碰撞。现在我看到，这个目的是达到了。在中国境内至少有一对作者和读者，他们做到了这一点，这就是黄先生和我。

三

一件作品，它一旦面世，它就有了它自己的命运。作为原作者来说，他现在该取的最好的姿态是三缄其口，作壁上观，任人评说，任人褒贬。但是，我同时又觉得，原作者如果仅仅这样，那么，他对自己的产儿是不公平的。而他最负责的办法，是应该将他所知道的真实告诉大家，是将泼在这件作品上的脏水拭去。这既是对作品负责，也是对读者负责。

四

基于以上三条理由，作为《成吉思汗的上帝之鞭》（以下简称《成》）的作者，针对黄琳斌先生发表在《南方周末》2004年2月12日的《如此散文为何列入年度十佳？》的批评文章，我做如下的说明。

五

《成》文是我2003年9月出版的《胡马北风大漠传》一书中的一章。这本书的另一个名字，叫《第三种历史观》。即作者认为，除了二十四史正史观点，除了阶级斗争学说观点之外，中华文明的形成和发展史，更是以另外的一种形态存在着的。这本书的"大要"说："站在长城线外，向中原大地瞭望，你会发觉，史学家们所津津乐道的二十四史观点，在这里轰然倒地。从这个角度看，中华民族的五千年文明史，是以另外的一种形态存在着的。这就是每当那以农耕文化为主体的中华文明，走到十字路口，难以为继时，于是游牧民族的马蹄便越过长城线，呼啸而来，从而给停滞的文明以新的'胡羯之血'（'胡羯之血'为陈寅恪先生语）。这大约是中华古国未像世界另外几个文明古国一样，消失在历史路途上的全部奥秘所在。在这本书中，以《最后一个匈奴》而名世的当代重要作家高建群先生，以一支饱蘸才华的犀利之笔，在历史与现实两大空间里舞动长袖，为你再现了匈奴民族的最后走向，楼兰王朝的生生灭灭，西夏王朝的何去何来，成吉思汗的铁骑纵横，中亚细亚的雄伟风景，罗布淖尔的沧海桑田等，从而顺理成章地得出了'一部中华民族的文明史，其实是农耕文化与游牧文化相互冲突相互交融从而形成的五千年文明史'这样的结论。作者放言，他要给行进到21世纪的中国人，一根赖以支撑其前行的历史拐杖。"

六

《成》文中我对成吉思汗以及游牧文化的关注和评价，正是基于上面的思路的。成吉思汗之前的东方和西方，基本上是两个在各自的蛋壳里孕育和发展的文明，这文明仅靠伟大的丝绸之路有着微弱的联系而已。是成吉思汗的西征打碎了两个蛋壳，让世界从此成为一个大家庭的。所以成吉思汗是个划时代的人物。所以世界历史从某种意义上来说，完全可以以成吉思汗来划分，即他之前的阶段和他之后的阶段。

七

毋庸置疑，正像他的先祖，另一位游牧民族领袖、匈奴末代大单于阿提拉一样，成吉思汗是一位世界秩序的伟大破坏者，但同时，他又是新的世界格局的伟大建设者。是他把从古长安到古罗马之间这漫长的欧亚大平原联系在一起的。英国人类学家汤因比在《人类与大地母亲》中说："蒙古帝国使得许多区域性文明发生了迅速的相互接触，而在此之前，这些文明在其发展中很少把它们彼此联系在一起，甚至很少知道同时代的其他文明，它们与同时代的其他文明只是通过传导性的欧亚大平原被潜在地联系在一起。"法兰西院士勒尼·格鲁塞在《草原帝国》中提到阿提拉、成吉思汗、帖木儿的行为时则说："人类从来不曾是大地的儿子以外的东西，大地说明了他们，环境决定了他们，只要认识他们的生存方式，则他们的行动和行为便会即刻'一目了然'的。"西方人尚且这样客观地评价成吉思汗，这叫人尊敬。而较之这些有着或多或少的西方中心论思想的西方权威学者的思考，中国蒙古族大学者、草原文化学的创始人孟驰北老先生，则对成吉思汗表现了更多的肯定和崇拜。2002年和2003年，我曾两次前往乌鲁木齐拜会他，听他讲草原文化与人类文明。

八

另外，黄先生在文章中，将成吉思汗与希特勒相提并论，这是极不妥当的和十分愚蠢的。

九

关于成吉思汗的死因，我是1998年担任央视《中国大西北》专题片总撰稿之一期间，在宁夏西夏王陵看资料介绍，听讲解员讲解，得出成吉思汗是在打银川时（当时叫中兴府，是西夏国都）中流矢受伤，后来不治而亡的。记得，宁夏作家马青说她插队的地方，好像叫云台山，就是成吉思汗当年养伤的地方。记得，当时宁夏旅游局的王局长还对我说，他们计划将成吉思汗养伤的那个云台山，修成一个旅游景点。为写《胡马北风大漠传》，记得我还查过资料，资料说，成吉思汗受伤后，不到一个月，即不治而亡。资料还说，攻打中兴府的元军隐瞒了成吉思汗死去的消息，与西夏言和，而在入城之后，屠城七日，又将西夏王陵掘开。这样，西夏国家灭亡了，文字死亡了，人民流离不知所终。

十

而关于成吉思汗陵那一段，确实是1989年夏天我去拜谒成陵时，听看门人所说。一代天之骄子成吉思汗葬身何处，一直是一个谜，所以，对于看门人如此美好、如此真诚的说法，我是取赞成态度的。我宁肯相信那些口口相传的野史。难道碑载文化就那么可信吗？言之凿凿的史书大约有一半的纸张是谎言。前年，报上曾一度吵得沸沸扬扬，说在蒙古国的某一座山里，发现了成吉思汗墓。继而，这一番吵闹又沉寂了下去。我的观点，多一事不如少一事，我们就认为黄帝陵就葬着轩辕黄帝，我们就认为成陵就葬着成吉思汗，一种崇拜物与祭祀之地而已，又有何妨。顶多，我们对民间传说中黄帝陵里葬着黄帝的一只靴子，成陵里葬着大汗的两只马镫，表示一种会心的微笑，仅此就够了。

十一

关于成陵中成吉思汗的棺木曾在抗日战争中移往兰州近郊保护一事，我完全同意黄文的意见。1992年至1995年期间，我曾在黄陵县挂职县委副书记，所谓的棺木曾在黄帝庙放过一事，就是那时听说的。据说，那时的考虑是，如果日本人打过黄河，黄帝陵面临沦陷，则将棺木移至兰州。如果延安不沦陷，则在黄陵存放。看来，也许如黄文所说，为了万无一失起见，确曾移往兰州近郊去过。但是，它在黄帝陵放过也应当说是肯定的。

十二

我的关于友谊峰的材料来源如下。20世纪70年代初，我曾在友谊峰附近的一座中国边防站当了五年兵。当时友谊峰叫"三国交界处"。阿勒泰军分区作战参谋做战备动员时说，这里在成吉思汗的年代叫奎屯山，新疆军阀盛世才的年代，因为蒙古国独立，这里成为中、蒙、苏三国交界处，所以盛世才将它改名叫友谊峰，伊塔事件后，周总理说了话，这里改成三国交界处。而在中苏两国关系解冻后，这里又恢复友谊峰这个称谓。后来，2000年和2003年，我重回老部队，从友谊峰下面的白哈巴边防站出发，顺中哈边界走了千余公里，陪同的部队同志叫这里奎屯山。而在写《胡马北风大漠传》的时候，我查看了最新出版的"中华人民共和国最新行政区划图"（学生专用），那阿尔泰山最高峰处，赫然标着"奎屯山"三字，这样，我就认为友谊峰已恢复奎屯山旧称了。这就是材料来源的情况。也许，友谊峰与奎屯山，真如黄文所说，是两座不相干的山峰，那么，这是我的错误。也许，它们就是同一座山峰，那么，这是黄文的错误。

十三

导致六万余中国边民外逃的伊（犁）塔（城）事件，是中苏两国（而不是两党），交恶的标志性事件，我的这个说法应当没有什么异议。这是大家都在采用的说法，而且也是曾经的史实。

十四

"干粮"并不是专指"干的粮食"，而是指行军途中携带的一切食品。当过兵的人都知道这一点。况且，"奶水"并不是单单的奶水，它还可以制成奶疙瘩、酥油、酸奶子等等。哈萨克人远行，常常就将奶疙瘩泡在水里，熬奶茶喝的。况且，《成》文中关于"奶水"是这样写的，有个前后联系："随队伍一起行进的，往往还有牛群。母牛的奶水是他们行军打仗的干粮，公牛是驮牛，士兵们用它来驮载帐篷辎重之类。"因此，我不能同意黄文对"奶水"的指责。

十五

而对地名，我则完全接受黄文的指责。也许，这句话应当这样说："在西域大地上行走的时候，你会发觉，大地上所有的那些重要的地名，都几乎是以阿尔泰语系中的突厥语种来命名。"我为什么会产生这种偏激的说法呢？是因为在写作《胡马北风大漠传》一书时，我的思维还停驻在大蒙古帝国这个历史概念中。蒙古人的概念有三种，大的概念是指突厥——蒙古人，或中国史书上所说的鞑靼人，小的概念是指成吉思汗族蒙古人。介乎两者之间的概念是指中国东北至西北广大沙漠草原上的蒙古人。当年，当成吉思汗请教他的宰相，为"蒙古人"下一个定义时，宰相说："凡世世代代居住在毡房和帐篷的人都是蒙古人。"这就是默默无闻的蒙古人为什么能一夜之间广纳百川从漠北大漠呼啸而出的全部奥秘所在。我在写书时还停留在那种思维中。

十六

关于俄罗斯大公国，则完全是我的笔误。事实上当时俄罗斯原野上有许多大公国，莫斯科大公国是其中之一。它与占领者金帐汗国并存，充当傀儡。后来金帐汗国衰落，在金帐汗国的版图上，莫斯科大公国强大起来。而在俄罗斯一位杰出的皇帝，号称"北方雷神"的伊凡雷帝手里，蒙古帝国在俄罗斯的势力日渐弱去。

十七

关于克鲁伦河，我的资料来源如下。2002年夏天，我到伊犁，返回途中住在博尔塔拉蒙古自治州的赛里木湖畔。是夜，喝奶茶的时候，蒙古族小姑娘唱歌助兴。当时随行的上海人民出版社编辑陈莉莉女士，请小姑娘用汉语将《美丽的博尔塔拉》的歌词记录下来。我记得小姑娘说夜色中的那座山叫阿拉套山，河叫克鲁伦河。后来写书时，我请陈女士专门将歌词从上海寄给我，然后我则一字不动地把歌词搬到了书上。成吉思汗早期活动的那条河叫克鲁伦河，在如今的蒙古国境内，黄文的说法这是对的。那么，博尔塔拉草原上的这条河是不是也叫克鲁伦河呢？黄先生是从网上去看，我是亲历呀！我想，它们也许是同名。这种同名的事情是时有发生的。例如，伊犁军分区李副司令告诉我，新疆境内有一条额尔齐斯河，东北也有的，为了区分，人们把前者叫白额尔齐斯河，后者叫黑额尔齐斯河。又例如，阿尔泰山第一高峰叫奎屯（山），距其近五百公里的农七师师部所在城市也叫奎屯（市）。

十八

关于土尔扈特部，黄文中认为是"西迁"，不是"西征"，我同意他的话。不过"西迁"和"西征"确实很难分辨。例如公元2世纪的匈奴人纯粹是被迫迁徙，但是西方人把匈奴末代大单于阿提拉称为"世界的伟大征服者"。

十九

综上所述，黄文并没有能撼动我文章中"第三种历史观"的立论。他主要在细枝末节上做文章。而就细枝末节而言，黄文的小部分的指责是正确的，大部分的指责是错误的或有待商榷的。

二十

我在《胡马北风》题记二中说："我不知道这近十年来，我为什么痴迷于这一类题材和这一种思考。我常常觉得自己像一个女巫或者法师一样，从远处的旷野上捡来许多历史的残片，然后在我的斗室里像拼魔方一样将它们拼出许多式样。我每有心得就大声疾呼，激动不已。那一刻我感到历史在深处笑我。"我还说："我把自己的这种痴迷悟觉为两个原因：一个是这些年随着我在西部地面上风一样的行走，我取得了历史的信任，它要我肩负起一个使命，即把那历史的每一个断章中那惊世骇俗的一面展现给现代人看；另一个则是，随着渐入老境，我变成了一个世界主义者，我有一种大人类情绪，我把途经的道路上的每一个人都当作我最亲的兄弟，我把道路上遇到的每一座坟墓，无论是拱北玛扎，还是敖包，都当作我祖先的坟墓。"——我是这样创作的。

二十一

我是很晚才看到《南方周末》这篇批评文章的。之前接到朋友和记者许多电话。我说，活到老，学到老，我每走到一个地方，就去请教那些高人，例如到宁夏银川时，去请教目前世界上能唯一认得死亡了的西夏文字的李范文老先生，例如去乌鲁木齐时，去请教中国草原文化学的创始人孟驰北老先生，而现在，生活又慷慨地给我提供了一次学习的机会。我还说，黄文和《成》文，实际上是一个作家的感性思维和一位学者的理性思维的冲突。我还说，欢迎批评，让批评的声音来得更尖锐些吧。

二十二

文章的题目，取自一个西方的谜语。一堵墙对另一堵墙说什么呢？谜底是：它说，让我们相见，在拐弯处。这里感谢《南方周末》，它提供了一个平台，让我与黄琳斌先生两个彼此毫不相干的人相见了。

二十三

最后，谨让我借这个机会，向发表、转载《成吉思汗的上帝之鞭》一文的《绿洲》《散文》《散文选刊》《新华文摘》表示敬意，向编辑家们的劳动表示感谢。我是从南方周末的文章中，才知道该散文获得2003年度中国散文十佳的。那一刻我感到了文学殿堂的辉煌与庄严，感到文坛还有一颗正直和公平的心存在。因为这些年我已经不去参与任何的文学评奖了。还需要附带说明的是，我在给每一家杂志社投稿的时候，都要向编辑叮咛，一定要将我当一个陌生的作者看待，千万不要有感情因素在内，否则，对别的作者是不公平的，而我自己也会有深深的不安的。因此，黄文对编辑家们的指责，是想当然的和没有道理的。

辑三　朴素是一种大美

魏庚虎和他的陶艺作坊

西安这地方水深。水深了好养鱼。市井坊间有一个高人叫魏庚虎的，不知道你听说过没有！他这几年从景德镇买了一个烧陶器用的电窑，在家里烧陶艺。专家说，他烧的陶艺，有别于我们平日认识的陶瓷，而进入文化、艺术的范畴。

我大约在十年前认识庚虎。那一次，我去西门外太白文艺社的家属院去看孙见喜。见喜不在，朋友说，旁边有个涤玉阁，阁主叫魏庚虎，是个裱字画的，号称长安第一裱。这样，我们便在小胡同里拐了几个弯子，来到了涤玉阁。

庚虎和我一样，是个五大三粗的关中汉子。他的涤玉阁，建在二楼上。我那天的感觉，屋里的所有陈设，都透出一股浓烈的金石气。例如李成海先生所书的"涤玉阁"这三个字，例如屋里陈设的那些明清家具和各种古董，例如墙上挂的刘自椟先生、韦俊秀先生和傅嘉仪先生的字。

我当时觉得，西安这文化古都真是深不可测，这么一个小巷子里竟藏着这么一个人。我还觉得，能在这种古文化气氛中时时熏陶，非西安人，而别处人没有这个福分呀！

那天我匆匆为庚虎先生写下"长安第一裱字"这几个字。写下以后，我问朋友这样说妥不妥，因为西安城里有许多裱字的高手。朋友说能说，话不算大，因为庚虎与夫人胡慧娟女士不久前刚荣获北京国际博览会装裱会优秀奖，魏先生还获得国家正式颁发的高级工艺师证书，是陕西装裱业获此资格的第一人。

这以后我们的来往就多了一些。除了装裱业这个看家本领以外，有一阵子，庚虎又迷上了往木板上刻字。庚虎来找过我几次，要些小的字幅，然后拿回去往木板上刻，然后销售。西安这几年流行家中挂木板上刻的字，许多大约就是从魏庚虎这里来的。不过刻我的字不算多，多的是贾平凹的字、李成海的字、赵熊的字。中国的汉字最早就是刻在木简上的，因此家中挂这么一个木片，带来一片古幽之色。

后来庚虎日渐坐大，小楼盛不下他了，于是在铁塔寺附近筑了个大院子，"涤玉阁"的名字还在叫着。这时他突然迷上了陶艺，于是从景德镇买来一个很大的电陶窑，摆在屋子中间，又从景德镇运来土，又从四方招来烧陶的工匠，开始他的陶艺作坊。

第一炉开炉的时候，我恰好在场。烧了两天，又晾了一天，这时开炉。当看到里面的泥制品变成了各色颜色的瓷器，当看到你写的字如今被烧制在了器皿上时，你会有一种异样的感觉。仿佛自己像个小孩子一样亲手做了一件玩具。

我大约给不少的陶器上写过字。例如庚虎说，这是一件笔洗，涮毛笔的。于是我应声给这上面写道："中国文房四宝之一的毛笔，据说乃秦蒙恬发明。蒙恬驻军无定河边的绥德城，修秦直道。士兵们思家心切，蒙恬令士兵们上山拽些山羊胡子来，绑在荆条秆上，于是乃有毛笔。又让士兵们从行军锅的锅底，铲些烟墨来，于是乃有墨。俚语村言，信不信由你。长安匈奴高建群。"

又例如，庚虎说这是一个盛茶叶的罐儿，先生你给写上几个字，于是我给上面写道："南国有佳木一句，是中国古人对茶的赞美。我的一位浙江朋友王旭烽女士，用这句话作为书名，写出长篇，获上一届的茅盾文学奖。高建群。"

又例如，有一个菜盘子。菜即草也，于是我给这盘子的沿子，写上一圈字。"《圣经》上说：上帝让大地发生青草，于是大地发生了青草，这是第三日的事。"

又比如，有一个装饰味极浓的瓶子，长颈细腰、丰乳肥臀。见到这瓶子，我眼前突然一亮，我说，这瓶子是西安半坡出土的美人瓶呀！于是在瓶身上写下"美人瓶"三字，旁边并小注一款。款曰："西安半坡母系氏族村出土美人瓶，乃七千前的人类作品。'美人瓶'三字系郭沫若先生赐名。"云云。

我大约往那泥坯上，写过不少。这些饱蘸我的才华和心血的作品，如今许多不知流落到谁家了。上面那四件我所以记得，因为有两件我搬回了家，而有两件魏先生拍了照片。

不过我不是这涤玉阁的常客。我手头有写小说的事，因此心思不敢旁骛。那往泥坯上写字的事，只是捎带着去玩一玩，或者用老百姓说的话叫"打彷徨"。

那里经常高朋满座。一个瓷凳子，上午大约是陈忠实来坐，下午换成贾平凹，晚上，南山上下来个江文湛，或者是那个画葡萄的胡西铭。用"谈笑有鸿儒，往来无白丁"这话来说大约不算过分。最近我去过两次，前一次见到的是美院的教授戴希斌，后一次见到的是美院的教授张之光。两位老先生往我上面所说的那茶叶罐上画山水，一副童心可掬的样子。张先生还对我说，魏庚虎所做的叫新概念艺术陶瓷，这种小作坊在中国没有，但是在日本多得很。

那些经常去涤玉阁去摇动秃笔的，主要是终南印社的成员们。我不太懂，这个印社据说是个国内著名的印社。例如李成海、例如赵熊，例如魏杰，都是它的成员。

魏杰的印章，金石味十足。他将字先刻到泥坯上，然后烧成印章，号称"陶印"。为时下一绝。那陶印的感觉，较之石材，又是另一种感觉。去年是羊年，他为我刻了"吉祥"一方闲章，可惜后来我送人了。今年，我又央他刻了"家有高字步步高"一方闲章。这方闲章只平日自己欣赏，轻易不用，怕知我的人说这是游戏笔墨，不知的人说这话口气太大。

庚虎的陶窑，投资四十万，烧了三个年头。如今各种奇形怪状，五颜六色的茶具、茶壶、艺术挂盆、花瓶等等，已经将几间大房填满。据庚虎介绍，光精品，就有上千件之多。这些陶艺因为本身的艺术价值，是一绝，又因了有许多文化人落在那上面的笔墨，则更见其价值。

二十多年前，我为一家画展撰过一副楹联。如今，在这篇文章行将结束时，我想，将这副楹联用来概括涤玉阁和魏庚虎先生的陶艺作坊，却也合适。联曰："奇人难遇奇事难觅集奇人奇事于一室堪称奇；绝山难画绝水难描搜绝山绝水于四壁真叫绝。"

风暴与激情
——听赵军婷唱歌

　　秦地古称虎狼之邦。从陕西走向歌坛的军旅歌手赵军婷，这几年不断地在中央台和陕西台的各种大型晚会上亮相，或者换言之，不断地在我家的电视屏幕上出现。她的歌声，慷慨、苍凉、豪迈、激情澎湃，仿佛风暴与雷霆。我常常想，也许只有秦地的女儿，才会有如此惊天动地的歌喉吧！

　　好几年前，省上组织文艺采风慰问活动，车已经开了，这时候匆匆来了一位一身戎装的女歌手。这位年轻歌唱家就是赵军婷。那次，我们在陕北高原上兜了一个大圈子，给此行增色的是赵军婷的演出。她的歌声像老黄风一样从陕北高原一路刮过去。

　　那次给我印象最深的，是采风团回来时路经延安，在告别酒会上，三杯酒下肚，赵军婷拍案而起，来了一番激情四射的吟唱。记得她先唱了个《青藏高原》，又唱了个《黄河源头》，她的声音把整个房间都抬起来了。那么真诚，那么炽烈，那么投入，那么叫人感动。接待我们的延安市市长因为她的歌声，那天晚上喝了不少酒。

　　后来赵军婷到解放军艺术学院去深造。军艺是一所好学府，出了不少人才。时任声乐系主任的李双江，曾经是我一个团的战友，我常常以此为荣。军艺毕业后，赵军婷又回到陕西，记得在去年央视的青年歌手大奖赛中，曾经看到过她。那天她唱的歌名叫《问秦俑》，而在不久前，陕台举办的世界小姐西安行晚会上，她又将这个《问秦俑》唱了一遍。

不久前，在陕西省五一电视晚会上，赵军婷的《走上唐古拉》，也给人留下深刻的印象。据说，唱完这首歌后，她又接受邀请，远赴海拔五千多米的唐古拉铁路工地慰问演出，并且拍摄了这首歌的音乐电视。

韩愈说："天生一物，必有一物之用。"赵军婷也许天生就是唱歌的，为给这个世界带来一阵短暂的激动的，为给我们浑浑噩噩的生活增加一点亮色的。她正在自己的路上走着。她会有大的前景吗？我们不知道！

不过，我常常想，如果摒弃了所有的技巧来歌唱，如果只顺应自己心灵的愿望来歌唱，那么，说不定，我们的赵军婷会有一个大飞跃的。

2003年12月6日于西安

山丹丹开花红艳艳

陕北地面是个出英雄与美女，出传奇与歌谣的地方。在这块起伏连绵的广袤高原上，生长着一种叫山丹丹的花儿。上苍大约嫌这块地面过于寂寞和苦寒了，于是打发这六瓣奇花，来装点这一块地面，来给人类的行程，涂上一层绚烂的色彩。

我把来自陕北的歌唱家任思谕，比作一朵怒放的山丹丹。

任思谕出道，有些年头了。大约十几年前我在延安时，就听到过她的演唱。陕北人天生都是歌唱家，那"拦羊嗓子回牛声"满山遍野地响。所以我当时并没有特别留意她。带给我震动的是大约四五年前，她在西安音乐学院那一次毕业汇报音乐会。

那是一次大型的独唱音乐会。在西安的很多陕北人都去了。老实说，我开始是有点担心她，怕这么大的场面拿不下来。但是我的担心是多余的。经过深造的任思谕歌声更具魅力，可以说征服了所有在场的观众。第二天，许多的新闻媒体都以"来自陕北的百灵鸟"为题来报道这一次演出。

又过了几年以后，经过中国音乐学院深造的任思谕，在西安人民剧院进行了一次独唱音乐会。那一次我因为不在西安，没有耳福听到，过后，听演出的音乐界朋友们讲，该场演出获得了大成功。

对于任思谕艺术上取得的进步，我表示祝贺。这是一位矢志投身于演唱艺术的姑娘，多年来，她舍弃了人生中许多的东西，醉心于歌唱事业，一步一步地向艺术的纵深攀登着。每一个成功者都有她成功的理由。

当我写这篇短文的时候，在陕北高原正是山丹丹开放的季节。山丹丹学名叫野百合，六瓣、胭脂色。

脚穿红鞋的歌唱

任碧辉是土生土长的陕北女子，在西安音乐学院深造后，陕西省音乐家协会、西安音乐学院、延安市委宣传部又特地联合为她举办了一场别开生面的独唱音乐会。这就像在平静的湖面投下了一粒石子，任碧辉的名字从此渐被人知。平日甜甜的、奴奴的一个姑娘，将夸张的红色演出服一穿，往台上一站，给人一种异样的感觉。感觉到我们平日庸常的人生原来可以像梦一样美好。她的演出获得了很大的成功，这是满礼堂观众一致的评价。来的观众有很多是陕北人，因此掌声中除了由衷的赞叹之外，也有偏爱的成分在内。这场演出得到了社会各界的关注和众多艺术家的垂青，并得到了陕北知名大企业的支持。对独唱音乐会陕西的各大媒体都做了报道。记得第二天我去渭南各县，遇见好些人问我，说陕北高原上有一只百灵鸟飞到西安来了，问我知道不知道这事，我问这百灵鸟是谁，他们说是一位姓任的女歌手，我听了笑起来，说我认识。

那天我也惊叹她能将那些难度极大的中外名曲唱得那么好。不过最为打动我的，还是小任唱的那些陕北民歌。一进入陕北民歌的领域，歌手立即变得轻松起来，自由起来，热烈起来，夸张起来，她的一呼一吸，一张一弛，都像大自然本身那样朴素和美丽。她的歌声将我带到对陕北的思念上。一代代的陕北男人，将白羊肚子手巾在额前扎成一个英雄结，在这块土地上像牛一样耕作；而一代代的陕北女人，站在崖畔上，脚穿红鞋，一代一代地唱着那些撕人肺腑的情歌。

如今，任碧辉已是西安财经学院文学艺术系的一名青年教师。小任的理想是除了教学外，做一名像贠恩凤、冯健雪那样德艺双馨的歌唱家，歌唱大西北，歌唱黄土地。我对小任说，艺术家的道路是一条荆棘丛生的道路，是不断燃烧着自己向前行走的道路，是不断地将平庸和世俗抛到身后的道路，要想化蛹为蝶、蛾变而仙，还得经过艺术炼狱的几度煎熬。从小任清纯、美丽的眼睛里，我看到了几分自信和坚毅。

小任是具有较好的歌唱天赋的，听内行人讲，她有极佳的音色，唱起歌来清澈、纯净、甜美，秀气中透出热情是她最大的亮点，声音清亮得就好像在你的眼前。这种灵气来自青春，来自真诚，来自她对艺术的独到见解。我祝贺这位年轻的歌唱家当前取得的成绩，我更期待她的未来。一想到有个穿着红衣服的女孩子站在远处歌唱，顿时让人觉得这个繁杂的早晨也变得美好起来。

掀起一波大浪来

中国的书法艺术，这几年突然热起来。有了许多的欣赏者和收藏者，于是有了买方市场，于是再有了书家源源不断的涌起。开始时，我视这种现象为这个时代浮躁的表现，附庸风雅的表现。但是最近，我的想法变了。我觉得书法这个东西突然得以兴隆，恐怕得从民族的心理深层上找原因。

这原因即是，在全球一体化的今天，在东方文化日益受到西方强势文化咄咄逼人挑战的今天，在传统的书写工具毛笔，先是为钢笔、圆珠笔所取代的"换笔热"中，逐步为电脑取代时，而面对传统割断、国粹丢失的危险，国人的心里产生一种深深的恐惧感，他们怕失去传统，继而失去自己。于是他们向传统招手，希望传统来荫护他们。

这位书家叫白浪涛。他背了一个很大的书包，在西安的街头走着，有些恍惚，有些疲惫，有些落寞，有些不合群。不过在这种表情之外，如果你细心观察，你会发现他身上有某种执着罩拗的东西。你会发现他区别于街头上行走的芸芸众生，更像一位负有特殊使命，偶尔流落人间的人——起码这个行走者自己这样认为。

我第一次见到浪涛，是去年在高新区的一个文化座谈会上。他已辞去公职，专职从事书画工作。他在西高新捣鼓着成立一个书画艺术协会，担任主席，这样便形成了一片小气候。那天，见到他穿一件白衬衣，谈辞热烈，有一种张扬与倜傥之气。他的画室的墙壁上，则是满壁墨香。记得，当时，我突然想起电影《李时珍》的一个情节，长江涌流，李时珍站在船头，若有所思：如果想有所作为的话，那么就得像这条船一样，一生都在逆流中，可是，一生都得前进。

浪涛先生的书法，有二十年的魏碑底子，然后在魏碑的基础上，寻求变化，寻找自己。收入这本书中的作品，是他多年研习、潜心创作的一个小结。书中的作品都带有精品的性质。例如"与有缘人论道，从无字处悟禅"，我就在他的画室见过。这遒劲有力、拙中带巧的字幅，当时就叫人眼前一亮。

书中的其他作品也都有一种沉雄之气。既得古人法度，又增添了现代人的审美情趣。

书法看似易，却难到最后。是靠学养给你以佑护。我们期待着浪涛先生的努力。魏碑往下，到二王，魏碑往上，到汉简黄帛。世俗以二王之美为美，其实往上走，舍了纤巧，而取大拙一路，也许距离书法的美源更近。

歇鞭大明宫，骑驴过长安

江城先生善画驴。他画的驴，静有静美，动有动美，驰骋时则有驰骋之美。简单的几个线条一勾勒，浓淡干湿之间，一头惟妙惟肖、巧夺天工的毛驴，便跃然纸上了。世间有大美，看江城先生画驴，让人明白了这大美原来是创造出来的，是匠心独运的产物。

现当代画家中，画驴的第一人是故世的黄胄先生。将江城的驴和黄胄的驴做一番比较，那么我们会看到什么情景呢？我是画坛以外的人，所以言语中少了许多忌讳。窃以为，黄胄先生的驴，其长处是生活气息十分浓烈，所画之驴憨态可掬，呼之欲出，画家以才华为底气也。而江城先生的驴，艺术功力极为深厚，删繁就简，笔端直追驴的精髓和神韵，其泼墨中所达到的美感，更强于黄胄先生也。

上面是说二人的长处，那么再说短处。黄胄先生的短处，我以为先生的驴，从立意、用笔、到落到纸上的造型，都没有达到艺术的那种至美之境，高远明镜之境、惊世骇俗之境，黄先生的画，总给人以浮躁和浮泛之感。而江城先生的短处是，因了身心长期囚于基层的缘故，笔性过死，不敢令心灵松弛和个性张扬。江先生不敢使自己走到古人所说的"事到临头须放胆"，外国人所说的"草率地创作以求永恒"的大自由、大自在状态。简言之，二人此之所长即是彼之所短，彼之所长即是此之所短。我很拙，不知道我的这看法有没有道理。

将一个默默无闻的画家的画与一位堪称大师的画家的画作一比较，这个比较得出以上的结论。在得出以上结论的同时我不由得感慨命运的不公。黄胄者，天下无人不识也。江城者，画了大半辈子的驴，而今花甲已过，仍埋没于草莽之间也。

江城先生是陕北人，1963年西安美院毕业后回陕北，做基层美术工作，老境渐来时，他突然做出一个重大的人生选择，即丢弃了榆林的坛坛罐罐，携老伴单身只影来闯西安。我想这理由应当是这样的。当艺术学养到了一个高的境界之后，它便渴望表达，渴望这满腹块垒像江流一样夺路而出，从而喧嚣天下。我想江城先生晚年的铤而走险，凭一支画笔独闯天下，正是缘由于此，从江城先生1995年来西安这些年的艺术实践看，也正好施展了他的上述抱负，请看：1996年他参加了一个由30多个国家和地区参加的海内外著名书画家笔会大展陕北《佳米驴》风采，从此江城画驴的名声便不胫而走。1997年他应邀赴京，在军事博物馆、人民大会堂、中南海为党和国家领导人作画，反响尤为强烈。1998年国家外事委征集他的墨驴五幅，以国礼送联合国科教文组织。

1999年一年之内，陕西省人民出版社计划内出版了《江城画驴》《江城画马》《舞蹈戏剧人物速写》全国发行。可见来西安这条路是走对了。

江城先生西安的居处，在北郊大明宫遗址左近的二府庄小区。我家也在这一带。谈起画驴，江城先生对我说，驴有206块骨头。还用画笔为我勾勒出驴的各块肌肉的形状。在他的眼中，驴已经不再是驴，而是各种肌肉、各样骨骼的组合体。这令我想起《庖丁解牛》的故事，从而也令我明白了，为什么他能寥寥几笔，便删繁就简，入木三分地勾勒出一头活生生的驴来。艺术家是如此地深陷到他的艺术造化物中去了，这叫我惊讶。

不独画驴，江城先生的舞蹈、戏剧人物速写，也叫我大大地吃了一惊。我想说，他对人物特征的捕捉，他的那些线条所营造出来的美感，我大约只在叶浅予先生的速写中见过。噢，我想起来了，1994年的秋天，我在北京中国美术馆去看世界名画收藏展，那次我印象最深的是法国印象派大师德加的一幅色粉笔画《舞女》。四个正欲出场的舞女，一个正在系鞋带，一个正在束腰，一个扬起脖子做出姿势，一个蹲在那里，那流淌的线条，和谐的排列，仿佛五线谱的一组音符。德加的那幅画当时给我造成一种美的冲击，我记得我在那幅画面前足足流连了半个小时。而今天，面对江城先生的这些人物速写，允许我毫不夸张地说一句，这些速写所给我造成的视角冲击和强烈美感，丝毫不亚于德加的那一次。在我们平庸的生活中，艺术家是些创造美的人，是些将生活中的大美挖掘出来给人看的人。因为有他们的存在，从而令我们觉得这个世界还可以容忍。骑驴过长安，歇鞭大明宫的江城先生，已以自己的艺术实力和艰辛劳动，牢牢地在西安插一脚进来。假如他命里有的话，他该有几天大风光的。如果在未来的陕西乃至中国画坛上，人们嘈嘈说有一个江城先生的驴，堪与黄胄先生的驴争锋天下，那时亲爱的读者请不要惊异，因为笔者已经在这里有言在先了。

家园的最后的守望者

——序梦野诗集《情在高处》

你千万不要小觑了陕北这块土地。你千万不要小觑了从这块荒僻之地走出的一个一个的人物。陕北这块雄浑的高原，历朝历代出英雄、出美人、出不尽的传奇与歌谣。按照西方人类学家的说法，从亚洲高原的层层皱折上，往西北而去，跨过欧亚大陆桥，直到匈牙利草原，这一块辽阔的地域被称为欧亚大平原。在世界历史上，它一直是一个板荡的、开了锅似的、各游牧民族风一样奔走的地方。这些游牧民族以八十年为一个周期，或向西涌入古罗马，或向东涌入长安城。历史上，这种周期性的动荡从来没有停止过。

陕北高原就处在这个动荡区域的东南锋线，而这本书的作者梦野，就生长在陕北之北，那个与巴彦淖尔盟、伊克昭盟接壤的神木、府谷地面。这块地面更是迎面一面。

神府这一块地面，以大沙漠为主，其间夹杂着一些裸露岩石的小山，和一条穿越县城而过的河流。这河叫窟野河。据说，范仲淹的"长烟落日孤城闭"中，那"孤城"，说的就是神木城，那"长河"，说的就是窟野河。范仲淹曾在这一带驻守过，那时这一带称"麟州"。

可以说，亚洲籍的大部分游牧民族，他们马蹄都曾经掠过这里。最突出的一个例子是羌族的党项部落，它们在先占米脂李继迁寨，再筑宁夏的银川市的途中，曾与神木的豪族折姓人家通婚，后来折姓成为党项九姓之一，为建立西夏王朝做出了贡献。

我在这篇文章中，所以说这么多过去的事情，是想让读者对中国的这一块有一个了解。一方水土养一方人，继而，了解这位作者，了解他胸中那种与生俱来的激情所产生的原因。

一言以蔽之，这是一块不安生的土地，而生活在土地上的人们大约是中国人中最不安生的一群。

我认识这本书的作者，大约有近二十年了吧。梦野今年三十一岁，这么说，我认识他的时候他十一岁。也许我的记忆有误吧！不过认识他肯定是很久的事情了。那时他能写很好的诗。像人们说的那种"神童"。我那时是延安地区文联代理主席，那个时代的人有一种以发现人才为己任的兼济天下之心，这样就读了他的诗，写了一篇《你有做梦的权利》的文章。

见到梦野大约是1989年去神木采风时。他黑黑的、瘦瘦的、话语中有着浓烈的陕北腔。神府人的肤色，因了无遮无拦的高原阳光的辐射，有些黑得发亮。又因了这地方缺水和多风，那亮中有一种干燥枯槁之色。我印象中好些神府人都是这样，梦野只是个中之一。

后来我到西安后，见面就少了许多。只时不时地他有一个电话来，告诉我他在干什么。梦野浓烈的方言我家里人都听不懂，只我能听懂。听他说话，仿佛黄土地上刮过一阵呛鼻的风一样，有些干涩，还有一种金属感。

如今，梦野一本名曰《情在高处》的诗集就要付梓出版了。他要我在书的前面说上一些话。他是专程到西安来找我的。还带着他的一男一女两个学生。记得我在前面说过，你千万不要小觑了从陕北地面走出来的人物。我这话在当时说出是一个意思，这意思是说这块苦难的土地培养着一代代志向颇高，禀资颇高的理想主义者。那么，我在这里重复说出这话时，还有下一个意思，这意思就是，几乎每一个陕北人身上，都有一种领袖情结，不论命运把他抛在哪里，他都会在那里蜘蛛织网一样，营造出自己的一片小气候，很滋润地、如鱼得水地活下去，然后在那里，一砖一石地建立自己的梦想帝国。

我细细地阅读了这本书。在阅读的途中，我感到诗歌还是一切文学式样中的最高形式。而在阅读完毕，当合上书本后，我的思维固定在一句话上，这句话就是"家园的最后的守望者"。

"家园的最后的守望者"这句话，是我前年到榆林采风时，为作家路遥最小的弟弟九娃写的。去年，又为一个叫黄建国的短篇小说家写过。这次，再为诗人梦野写出。前两个是书法字幅，这次是文章题目。

遥远的家园，苍凉的北方，站在黄土地上，以诗歌的形式，无限扩大自我的赤脚的孩子——这就是《情在高处》留给我的总体印象。

原谅我不能一一枚举这本书中那些精彩的句子了。即便这样，这篇叫"序"的文章已经有些长了。如果说让我喜欢的话，我更喜欢90年代初期诗人初出道时那些句子，它们单纯、干净，满纸痴人痴话。

我很忙，写序对我来说简直是一件苦役。从去年到今年，我大约写过100个序。所有的人好像都有理由来指挥我，他们说你是前辈，是公众人物，为提携后学，为公众服务是你的本分。这是牢骚话。

我对陕北有着很深的感情，我的人生的起步阶段和文学的起步阶段都是从那里开始的。我有许多陕北文学朋友。我爱他们。我时时留心着他们的发展和走向，这块土地近些年似乎有些沉寂，其情景正如中国文学有些沉寂一样。

我祝贺《情在高处》的出版。我们这一代行将老去。这场宴席将接待下一批饕食者。在此，我以这一句话送给梦野，并送给所有的我认识和不认识的陕北文学朋友们。

让阳光均衡地照耀在每一个人身上

我是一个悲观主义者，在满街的胖乎乎、油光光的面孔中间，我往往瞅到的，是角落里那些愁苦的脸。这大约是一种职业病。一位前辈作家说过：只要这世界上还有一个人在受苦受难，我的书就是为他而写的。我在阅读这段话时，在以后每每回想起这段话，心就颤抖不已。

我们这个时代有精英、有生财有道的富翁、有无衣食之虞的公务员、有风光无限的歌星，他们无疑是社会的主流群体，他们的一举一动、一笑一颦，都会成为媒体关注的噱头。但是在这些成功者之外，在主流社会之外，我们是不是将眼光错开一点，以基督般的爱心去关注一下那些弱势群体呢？

去年到南方某市开会，人家问我西安人的工资是多少。我说有的高一些，上千了吧，有的低一些，二三百吧，取一个平均数，大约是523块钱。"523"这个数，我是从养老基金部门访问到的，大约还算准确。我的话引起了与会者们深深的诧异，他们说这一点钱连吃饭也不够呀！

我苦笑着说，这些钱还是那些在岗的干部和工人能拿到的，至于下岗工人、休岗的工人、歇岗的工人、轮岗的工人，他们连这也没有。

　　我这大约是一种不好的心态。我时常纠正自己这种心态。但是往往陷进去不能自拔。这大约与我身边的事情有关。我的近亲中，目前有五个人下岗，剩下的三个，亦处于下岗的边缘。这处于下岗边缘的，包括我的妻子，她是一名不错的建筑工程师。

　　去年上级号召扶贫帮困，我们单位包的是位于西安郊区的一家国家地质部的地质队。这个队有600多人，如今在岗的只100多人，其余500人下岗。我包的是一个姓"兰"的年轻大学生，下岗后他开一辆柴油三轮车，从灞桥往西安拉货拉人，他的妻子在灞桥街上摆了一个烟摊。这个地质队的负责人告诉我，他们这个部属地质队当年成立于四川，转战于云贵高原，落户大西北，可是不知道怎么三转两转，就沦落到如今的地步了。

　　感谢这一期的《新西部》，它注意到了城市偏僻一角的挣扎者和努力者。他们的"注意"是值得赞赏的和聪明的。"所谓政治，就是永远地站在弱者一边！"这是日本某首相在上台时，他的父亲告诫他的话。

　　在阅读本期《打工者的眼泪》这篇文字时，我想起在北京开会时和《骚土》作者老村的谈话，他谈起家乡（陕西省澄城县）的贫穷，说打算回来写一本乡间纪实。我还想起我的老家的农民（西安市临潼区），他们每年春节一过，就进城来打工。他们的缺少照应和关怀，较之我上面提到的失业的城里人，更有甚者。

　　生活在前进着，物质在丰富着，一切都会好起来的。这一点应当确信无疑。但是，在这转型期期间，在这残酷的资本原始积累阶段，社会应当伸出有力的手来，呵护这些弱者和弱势群体。让新世纪的阳光均衡地照耀在每一个人身上。

全世界孩子的哭声都是一样的
——《安琪拉的灰烬》十谈

一

美国的泥土不仅仅产生那些华而不实的好莱坞大片，它也产生《安琪拉的灰烬》这样深刻而崇高的东西呀！

二

我明白这本书在美国受到如此重视，获得如此殊荣，得到如此欢迎的原因了。美国是一个移民国家，而它的移民成分中绝大部分来自欧洲尤其是英伦三岛。因此，这本书有一种寻根的成分在内。正是它如此逼真如此真诚的描述，触动了这些移民后裔们的神经。

三

我是从下午开始读这本书的。躺在床上读，读完后是凌晨四点。合上书本，我发现有两滴冰凉的眼泪挂在腮边。

四

贫穷、卑贱、无助——这无穷无尽的苦难啊！读这本书，让我不断地想起自己的童年和少年时代，并且想起高尔基《在人间》中那痛苦的呼喊："圣母呀，你是一只无底的杯子，承受着世人辛酸的眼泪。"

五

我还想起英国天才小说家狄更斯的《雾都孤儿》。两个小主人公都是从垃圾堆、贫民窟走出的卑贱生命。不同的是，前者是作者在描述他，在编造着十九世纪的童话，后者则是这个活动的垃圾堆自己说话了。

六

我在前面谈到我在阅读的时候不断地想起自己的童年少年时代。这样相同例子的事情大约有十几处。那么这里举一个小例子。主人公弗兰克舔"油乎乎的报纸"充饥那个情节，令我想起自己童年时舔碗的事。在我那遥远的、贫穷的山村，喝完粥后舔碗是一种美德，但是当我来到城里，像狗一样巴哒着舌头尽情舔碗时，我挨了父亲一记耳光。

七

我很奇怪，这本书字间充满了苦难，但是它不叫人绝望。我细细地琢磨这原因，好像有些明白了。主人公在成长着，在拼命地吸吮着苦难的乳汁成长。这成长的历程是无坚不摧的。

八

还是再让我说一说高尔基吧！俄罗斯文坛有一个著名掌故。列夫·托尔斯泰和高尔基有过一面。当托尔斯泰听完这个流浪的年轻人讲完自己苦难的经历后，他热泪滂沱地说：孩子，在拥有这些经历之后，你完全有理由成为一个坏人！

九

我是一个中国的写作者，并且也正在写一本类似《安琪拉的灰烬》这样的书。因此，我在阅读中时时地停下来，思考这本书的写作方法。我想，这些童年和少年的经历，在作者的体内，酝酿了许久，并且随着作者的成长而成长。它们的每一次涌上心头，就是一次艺术再创作的过程。这样在作者六十六岁的时候，他把它们摘了下来，慷慨地献给人类。这种个人体验是别人永远无法替代的。而这，正是最好的作品所产生的原因呀！

十

文学的标准没有死亡，即便在这个熙熙攘攘物欲纵横的今天。这是叫我最高兴的事情。那些虚假的（中国和外国）作品在《安琪拉的灰烬》面前应当羞愧，这是我最后想说的话。

新与旧的反思

　　现今的这个中华诗词学会，我是它的发起人之一。那时，我们几十个人一番串联，历经几年，终于像滚雪球一样，越滚越大，于1985年的端阳节，成立这个学会。而他的首倡者，则是曾任过甘肃省委书记、青海省委书记，时任甘肃省政协主席的杨植霖先生。杨老有文名，曾写过《王若飞在狱中》一书，20世纪80年代，由他倡议，又联系了延安的黑振东、内蒙古的布赫，并我们这些年轻一点的文化人，几番鼓噪，终于酿成这一桩事情。

　　记得成立大会是在北京全国政协礼堂小西天召开的，那天济济一堂，来了许多的人，计有杨植霖、楚图南、布赫、霍松林、杨振宁、叶嘉莹、陈昊苏等等人物，记得时任政协副主席的楚图南先生，当场为大会献幛一幅，叫"秦砖汉瓦，唐诗宋词；美人香草，金石文章"。楚老站在台上，一边念他的条幅，一边摇头晃脑，用公鸭般的嗓子解释道："以美人喻香草，香草喻美人，古来有之！"

　　这是一段旧话，说给年轻的一代听，说给喜欢中华诗词这个国粹的朋友们听。

　　是什么东西突然地钻入了这位年轻的写作者的脑子里，带给他如此多的诗情，如此多的感怀呢？我不知道。受友人委托，我细细地拜读了这本名曰《为谁执笔待天真》里的所有诗作词作。掩卷沉思，我只能感慨，我们的这件国粹，它在现当代社会，仍然有这样顽强的生命力和表现力，这实在是一个需要国人沉思和检讨的问题。

从胡适先生的《蝴蝶》开始的白话诗，它的开始就是新文化运动中，作为对旧体诗词的否定和反对而发端的。但是，一百多年过去了，事实告诉我们，新诗的创作，虽是有一些名篇，有一些成就的，但是这死灰复燃的旧体诗词它好像并没有灭绝，而是在不绝于耳的讨伐声中也在发展，并且不断有新的创作力量加入。

那么我的结论是，它的存在自然有它的合理性，而它的为新一代接力棒所接力，应当是一件让我们高兴的事情。

基于此，我向这位年轻的诗人词人献上我真诚的祝贺。诗言志，歌咏言，文以载道。既然这位年轻的诗人词人觉得自己有满腹情怀需要倾诉，有洋溢的才华需要宣泄，而他手里恰好有一件顺手的武器，这武器叫古典诗词，那么他不妨就用这种形式，与世界对话吧！

好大一棵树

张志清这大半生，还干过一件赢人的事情。那就是他担任延安地区知青办主任期间，曾带领在延川梁家河插队的北京知青习近平等，前往北京为首都人民举行"北京知青在延安"的大会汇报，这在当时产生了很大影响。这几年习近平总书记几次回延安，都专门约见这位老人。

开 头 的 话

我在长篇小说《最后一个匈奴》中，曾经以当时延安地区的三位领导黑振东、郝延寿、逯靠山为原型，塑造过一个叫"黑寿山"的领导干部形象。我取了黑振东早年投身革命队伍的经历，郝延寿在榆林领导群众治沙的经历，逯靠山在延安领导群众大搞农田基建、发展生态农业的经历。

在塑造这些人物时，其实延安地区当时还有一个重要人物，进入我的视野。他叫张志清，时任延安地区行署专员。我也一直想把这个人物变成艺术形象，但是因为过于熟悉的缘故，反而不知如何去写。不过我当时对自己说，作为一个文化人，我一定要找一个机会，写一写这位叫人尊敬的老领导。

这几年西部大开发成为中国人的一件大事。由于为中央台的一个电视片担任总撰稿，我在中国的西部地区年年都要兜几个大圈子。在我风一样的行走中，我接触到各地许多朴实、真诚，为一地一域的经济发展付出毕生精力的好官。每当这时，我就有一种冲动，想写写他们，或者说想找一个实例，像解剖麻雀一样，通过对一个人的深入描写，以个例反映全部，将他们的奇事告诉世界。

现在机会终于来了。张志清专员在延安地改市以后，又担任市人大常委会主任。他在这个任上又已经干了五年了，今年年届六十四岁，行将退休。最近，不断地有延安的朋友们打来电话说，要我把小说创作停了，抽出一段时间，写一写这个受群众爱戴的老领导。于是我放下手头的事情，在2001年春天的一个沙尘暴的日子里，来到延安。

走 进 延 安

延安，这座光荣的革命城，中国民主革命的圣地，这些年来，在建设者们的努力下，已经成为一座颇具经济规模的工业城市。其农业人口已基本脱贫。工业以石油（包括有名的延安炼油厂）、卷烟、煤炭为龙头，已经形成持久的经济增长热点。延安的经济实力已位居陕西各地市的前列。杏子河流域治理、延河流域治理，成为联合国树立的一个样板，亦成为我国山川秀美工程的一个典范之作。城区内西沟和市场沟的打通，令这座群山包围中的城市，仿佛大西南的重庆市一样，形成一个以凤凰山为圆心的环状城市结构。

张志清就坐在对面，我们侃侃而谈。这位老县委书记、老专员，较我在延安时，已经苍老了许多了。他显然心里装着许多的事，因此显得很沉郁。而最大的一件事是，目前延安的市长位置空缺，省上希望能够广取民意，在几位候选人中，选出一位政绩卓著、廉洁公正、老百姓最为拥护的市长来。据说，省委组织部部长刚刚找他谈过话，因此，张志清深感责任重大、压力巨大，这样，他的沉郁就能理解了。

我说：谈谈你自己吧，将你一生中最忘不了的事情拿出来谈一谈，那些感动过你的事情也一定会感动读者的，这是创作的一条秘诀。

我还说：我前些天听电视台的人讲话，他们开口闭口，总提"二老"这两个字，并且说，只要二老满意了，就证明我们的片子拍好了。一个人说，我还没有注意，后来好几个人都提到这两个字，这引起我的好奇。我问他们："二老"是什么？电视台的人说，这二老：一是指老干部，一是指老百姓。

我的话把张主任逗笑了，他好像轻松了一些。停了一会儿，他斩断别的思维，进入到了他的回忆。

"我出生在黄龙县白马滩一个祖祖辈辈不识字的普通农民家里！"张主任说。

两条祖训

第一，你要记住你永远是农民的儿子；

第二，你不能贪钱，一拿公家的钱，自己就变得不值钱了！

白马滩是一个有名的地方。黄河在这里结束了它在高原上的行程，而进入平原地带。或者换言之，这里是陕北高原与关中平原的接壤地带。

六十四年前，农民的儿子张志清，就出生在这里。

张志清是一个独子。或者用农民的话说，叫"十亩地里一棵独苗"。在这兵荒马乱的年月里，全家老少守着这个孩子，为他的未来祝福。

张志清的祖父是一个能人，明白事理的人。他虽然大字不识一个，但会给小孩看病，给牲畜看病。他要全家勒紧裤带，省吃俭用，供给这个孩子上学。他说：孩子将来长大干什么，那是他的事，至于现在，我们一定要叫孩子上学。

七岁那年，祖父领着他，一瓶酒，一碟菜，先拜孔圣人庙，再拜关公庙，完了，再拜老师。三拜之后，张志清上学了。

这所学校是一所有名的学校，1935年刘志丹将军率部进入黄龙山，曾短促地占领过白马滩这地方，并亲自将这所小学命名为列宁小学。它现在叫白马滩小学。

当谈到上学这件事时，张志清至今还对他的祖父怀着感激之情。他说那时候无论家里再忙，上学的事不能耽搁一天。

他还说，祖父这样训诫：咱们祖辈没文化，现在有点文化了，文化要给老百姓用。

遵从祖父的训诫，张志清从十一岁、上小学四年级开始，就担负起过年给全村人写对子的事。这一写就写了四十多年，后来出外工作后，每年春节回去，带上纸，给村上人写。一直写到1991年母亲去世，春节不回家了，这事才结束。

上完小学，又在象山中学上了两年初中，张志清辍学了。对那时候的一个农村孩子来说，能上这些年的学，能有这么大的文化，已经是一件很奢侈的事情了。

辍学后，祖父托到张志清在白马滩小学的启蒙老师，这样，十四岁的他便在学校当了教员。他的启蒙老师曾是一位地下党员。

对于一个农民家庭来说，能让孩子当上一个教员，恐怕就是最大的梦想了。记得我在《最后一个匈奴》中，曾说到杨干大找到杨作新的启蒙老师杜先生，安排杨作新当小学教员的事。记得，那杜先生也是地下党员。行文至此时，我真有些吃惊。虚构和现实竟然如此接近。

当教员是1952年初的事。他教的是小学二年级。那时候政府贯彻婚姻法，扫盲，因此，教的学生年龄都比他大，而且，大婆姨大女子居多。张主任谈到这里，笑着说，这些大婆姨大女子有的要找对象，有的家里有事，他一个小先生根本管不下她们。有时候他说上她们两句，她们就跑到他家去告状。都是一个家族或邻村的人，谁也拿她们没办法。气得他跑回家去哭鼻子，对祖父说这教员当不下去了。

促使他离开的还有一个原因。家里自小为他订了一个娃娃亲，那姑娘也来这学校上学，吃住就在他家里。在学校里，姑娘一出现，大婆姨大女子就喊："张老师，你媳妇来了！"闹他一个大脸红。况且当时，双方家长都逼着他赶快完婚。为了避开这事，他也得赶快走。

这一年，建国之初，百废待兴、百业待举，黄龙县招收税务干部，于是张志清瞒着家人，偷偷跑去报考。考试的内容有两个：一是会打算盘，二是会写毛笔字。这两样当小学教员的张志清都是长项，因此，轻轻易易就考上了。

张主任叹息一生，对我说："回到家以后，祖父没有骂我，只说，你成了公家人以后，一是要对老百姓好，二是当官不能贪钱，要知道，你拿了公家的钱，你的人就不值钱了。祖父的这两条训诫，这一辈子一直跟着我，须臾不敢忘记！"

鸿雁于飞，肃肃其羽

张志清最初当税务干部的地方，是黄龙县的三岔乡，那是个土匪占山为王、克山病肆意流行的地方。和张志清一起工作的还有我父亲。我父亲年长张志清九岁，当时是税务所的。

我父亲在世时，常说到我们两家有很深的渊源。现在经张主任这么一说，我才知道这份感情是从半个世纪以前开始的。这是私话，这里不说。

张志清在这段税务员工作中，有一件事情他的印象很深。那是一个雨雾蒙蒙的日子，烂柯山逢会，张志清去收税。他看天气不好，便整理好税票和现金，提前收了摊。途经牛毛嶂岭，这是土匪经常出没的地方，他不由加快了步子。路边打了一堆火，有几个人围在那里烤火，他也不去理会，依旧跑步往前赶路。那天傍晚，有两个牲口贩子在牛毛嶂岭被土匪打死，抢走了钱财。这伙土匪被抓获后交代，他们还盯上了收税娃，他们瞅着收税娃连蹦带跳地跑了过去，因为天色还早，未敢下手。

后来1958年，黄龙县与宜川县合并，工作成绩优异的张志清，来到宜川的秋林公社担任副书记。1961年分县后又回到黄龙，做团县委书记。他在任期间，黄龙团县委、白马滩公社团委，被省上树立为典型。1964年初，他参加了共青团第九次全国代表大会，会议结束后，即上调延安团地委。接下来的工作是调任村权、批斗、戴高帽子，下放"五七"行斗批改延安县团委书记。继而，到中央团校学习，毕业后从学校就到宜川县搞社教。接着经历"文革"，"靠边站"，"文革"结束后，调回延安地区，任革委会组织组审干办负责人，"文革"结束后任延安地区第一任团地委书记。

上面这些是流水账。但这个流水账十分重要和必要，它记录了一个没有任何背景的农家孩子，成长和成熟的过程。《诗经》里说：鸿雁于飞，萧萧其羽。正是依靠他的勤勤恳恳的工作，他的过人的才华，再加上有一点文化，张志清慢慢从基层中脱颖而出。写到这里，不由得也让我们感动共和国年轻时候那种"唯德是与，唯才是举"的用人制度。

在担任团地委书记期间，他的宽厚令他拥有许多朋友，而很多朋友是北京知青。现在的许多在事业上取得成功的国内国外的北京知青，回延安时都一定要看看他，他们还记得这位老大哥当年对他们的呵护和帮助。

张志清这大半生，还干过一件赢人的事情。那就是他担任延安地区知青办主任期间，曾带领在延川梁家河插队的北京知青习近平等，前往北京为首都人民举行"北京知青在延安"的大会汇报，这在当时产生了很大影响。这几年习近平总书记几次回延安，都专门约见这位老人。

记得1994年的秋天，几个北京女青年回村子里去，张专员工作忙，要我去陪她们。几个姑娘一进沟，望见村子，就哭成一团，那份感情，令陪同的我也落了泪。

有一对移居香港、家资几十亿的北京知青，男的当年正是团地委树立的典型。张志清设法将男的调到地委办公室工作，又将女的调到地区文化馆。他们时时念叨张志清的好处，不敢忘记这个在困难时期给过帮助的人。最近，他们出资1800万元，在插队的地方为延安建了一所中学。

宜 川 岁 月

从1974年到1979年，张志清在宜川县工作，担任县革委会主任。

宜川是黄河边上的一个县，隔黄河壶口瀑布与山西吉县相望。相传，早年宜川县城和吉县县城都在黄河边上，那时这边的县老爷一拍惊堂木，那边的衙役们就升堂了。两县相扰，后来官司打到皇上那里，皇上说，各退九十里，设县。这是流传在这一带的一段历史掌故。

"文革"中宜川县是一个重灾区，武斗十分厉害，派性严重，后来由"三支两军"的军代表任县革委会主任。军代表不懂地方工作，闹得矛盾激化，因此，上级急调工作经验丰富的牟玲生同志前往宜川任县委书记，三十岁出头，既有魄力，又善于团结同志，熟悉基层工作的张志清同志任县革委会主任。

"我一生都是去干难的事，宜川是这样，志丹是这样，黄陵也是这样！"每当回首往事，张主任常常这样叹息。

叫人钦佩的是，那些复杂纷乱的局面，只要他一去就能迎刃而解。而矛盾化解之后，接着就是发展，这个县的经济很快就上去了，这就叫水平吧！而这，也就是为什么上级总要将那些困难的工作交给他的原因。

张志清在宜川干了三件事。

第一件，清理极左思潮影响。

第二件，解放生产力，发展生产。修筑穿越壶口瀑布的兰（州）宜（川）公路。

第三件，解决老百姓的吃水问题。宜川县境内有着许多块零碎的旱原，这些旱原上的老百姓，祖祖辈辈靠吃下雨囤积起来的窖水生活，或者用毛驴到山下去驮水。"你要为老百姓做好事！"张志清看到宜川农民的苦焦，想起祖父当年说过的话，他发誓在他手里，要解决老百姓的吃水问题。自此，在宜川县掀起一场轰轰烈烈的"大原面搞中高抽，小原面搞小高抽"的引水上山工程。到张志清离开宜川时，中高抽共搞了十多处，小高抽共搞了五十多处，此举基本上解决了群众的吃水问题。

辉煌在志丹

志丹县是刘志丹将军的故乡，又曾经是长征结束后，中共中央的临时居住地，史称"红都"。志丹原名保安，俗称"山保安"，境内山大沟深、荒凉空旷、人民吃苦耐劳、好勇仗义。

1978年志丹县在农业学大寨中搞强迫命令。当时有两个在该县插队的北京知青，将状子告到李先念那里，李先念动了真怒，遂派夫人林佳楣下来调查这事。一时间志丹县境内人心惶惶，省、地工作组进驻后，县领导班子靠边站，全县被挂起来的干部（包括农村基层干部）竟达三千三百多人，还有十人被关了禁闭。志丹问题当时在全国都成了一个焦点。

组织这时候记起了张志清，于是急调他交代一下宜川的工作，赶往志丹去救火。先担任县革委会主任，一年后任县委书记。

"一触即发"是麇集志丹的中央、省、地新闻记者对当时情况的说法。我那时候已经在延安日报社工作，志丹的情况多少也听说了一些。

组织上没有看走眼，张志清确实是处理这类难缠事的最合适人选。

面对这一团乱麻，真让人有"老虎吃天，没处下爪"的感觉。张志清一番调查研究以后，自告奋勇，由他牵头，从最难的一件事抓起。这件事就是落实干部政策。他认为，凡事都有主要矛盾和次要矛盾，而在当时，这件事是主要矛盾，只要这件事抓好了，别的事就会迎刃而解。

一共挂起来三千三百多名干部，还有十个被关在监狱里。这些干部大部分是农业学大寨、大搞农田建设中的积极分子、骨干力量、乡村一级领导。只是农田基建中作风粗暴，强迫命令，才在整顿中被挂起来了。

"这些干部都是当地的人物，用好了，会拼命地干工作，用不好，会成为你工作的对立面。你要在志丹工作，离开了他们还真不行！"张志清说。

这是一拨人。还有一拨人，是农业学大寨运动中，所谓"保守派"，因为反对农业学大寨的一些做法，被视为有右倾思想错误，而被处理的人。

这两拨人原来是对立面，现在则同样被挂起来了。

宽厚的张志清经过调查研究以后，认为这些干部其实都是好干部，他们即便有错误，也是人民内部矛盾。

去志丹不到一年，也就是说到1979年年底，在张志清的主持下，三千三百多名被挂起来的干部，平反得只剩下十三个人，十个坐禁闭的只剩下一个人。

给这些干部平反以后，张志清觉得工作还没有做完。他深知农村基层干部艰难，觉得不光要他们工作，还要解决他们的后顾之忧，于是亲自到地区和省上跑动，要回来一百个农转非指标，五十个招干指标，为这些基层干部解决实际困难。

接下来的一步就是大胆地起用这些干部了。例如有个县委副书记叫周万龙，工作有魄力，为农田基建出过大力，因为有捆绑群众的事情，被免去职务，留党察看。在落实政策中，在张志清的主持下，为这位同志提前恢复了职务，并在那年秋天，因为他工作突出，被评为劳模。

张志清主持为志丹干部落实政策的工作，其实一直是顶着四面八方的压力干的。尤其是周万龙被评上劳模以后，更引起不小的非议。好在新华社记者听到这事，在《人民日报》上发表了一篇《这朵红花该不该戴》的文章，对这事予以肯定，这才堵住了各方面的嘴。

这第一步干得漂亮。干部政策落实后，志丹迅速恢复了稳定。

接着，借十一届三中全会的东风，张志清带领县委县政府一班人，迅速在全县范围内推行农业承包责任制。

志丹县是陕西省境内，第一个实行农业承包责任制的县。这是历史的一笔，我们有责任记住它。

一个是干部的解放，一个是责任制，这两件事使生产力得到了极大的解放。到了1981年，志丹成为陕西省境内第一个实现粮食翻番的县。

1981年是一个丰收年，1982年更是一个丰收年。记得当时的延安报上，曾经写过一篇《政策好，人努力，天帮忙》的报道，谈这一年陕北高原的丰收景象。

最大的丰收场面是在张志清担任县委书记的志丹县。

1982年秋收结束后，延安地区表彰了130多个卖万斤粮、千斤油的大户，让这些大户们披红挂彩，在宝塔山底下走了一遭。秧歌列队，唢呐震天，这事一时成为一件盛事。而值得一提的是，这130多个大户中，仅志丹县就占了120多个。而其中最大的一个卖粮户也是志丹农民，他卖了6万斤余粮，政府给他奖了一台拖拉机。

张志清在志丹的另一项政策，是大抓农田基本建设。农田基建是志丹的一个强项，是改变志丹山大沟深贫穷落后面貌的科学途径。他的前任们是因为在农田基建中搞强迫命令而受到挫折的，但是张志清认为，强迫命令不好，要纠正，但是，农田基建本身没有错，于是在他手里，每年夏冬两季，都要动员全县劳力，搞大规模的农田基建。而在张志清离任后，他的后继者们，也一直把农田基建当作大事来抓。

志丹县横跨在周河、杏河、洛河的三座大桥是在张志清手上建成的。在张志清从志丹县离任时，110千伏输变电工程终于顺利竣工，结束了志丹无电线的历史。

张志清在志丹的另一项政绩，是抓了杏子河流域治理。杏子河是延河的一条支流，横穿志丹、安塞两县。多年来的滥采乱伐，令这里成为荒山秃岭、穷山恶水。张志清决心抓一个流域治理的典型，封山育林、种草种树、轮流放牧，于是选择了杏子河。

杏子河流域治理工程得到了联合国粮农组织的高度重视，后来联合国粮农组织将该工程列为联合国的一个项目，给予资金支持。工程完工后，联合国予以高度评价，认为这是人类改造恶劣生存环境的典范之作，为世界同等环境下的治理，提供了经验。继而，杏子河流域治理成功后，联合国又资助资金，以点带面，开始对陕北高原主要河流延河流域全面进行治理。

虽然这时候张志清已经离开志丹，但是他为杏子河流域治理开始的前期工作，功不可没。

杏子河流域治理的重要意义还在于，它为陕北高原的生态治理开辟了道路。它的意义现在人们看得更清楚了。随着西部大开发的开始，江泽民、朱镕基先后到延安视察，江总书记提出了"建设秀美山川"这个口号，朱总理则就如何落实这个口号，将延安作为一个典型做了重要指示。这样，当初杏子河流域治理的成功经验，现在正在陕北高原上铺开。

黄帝陵前守陵人

志丹的工作正干得热火朝天，这时，位于陕北高原南部的黄陵县告急。上级决定，要从老资历的县委书记中选一个去黄陵压阵，选来选去，这事后来选到了时任志丹县委书记、刚刚从中央党校学习归来的张志清头上。这是1984年的事。黄陵出了什么事呢？原来，有个记者叫艾端午，在《新观察》杂志发表了一篇《黄陵古柏被大肆盗伐》的报道。这篇报道的真实程度如何，这里不做评论，然而，该报道刊出后，一时间惊动朝野、举国关注，甚至，旅居海外的华夏子孙，也纷纷质询这事。一时间黄陵古柏事件，成为一个焦点。

张志清走马上任，下车伊始，要啃的第一个硬骨头便是这古柏事件。通过调查研究，他发现砍伐黄陵古柏的事情有是有，但不像记者说得那么邪乎。只砍了几棵，而砍伐的原因是这几棵老树已枯死或濒临枯死，属正常砍伐范围。

事件处理以后，黄陵县委、县政府向上级做了汇报，通过媒体向方方面面做了交代。这件事得以平息。

如何做到不愧对祖先，如何令黄陵县的经济走上一个新台阶，张志清从纷繁的事务中，梳理出三件大事，开始抓。

第一件是整修黄帝陵。黄帝陵一期整修工程，从他手里开始。轩辕黄帝石雕像，在他手里雕成。他还提出黄陵每年清明节的祭奠，应当至少由省一级政府来主祭，并将这个建议申报地委、省委。1984年，李瑞环来黄陵视察时，他又将这个想法向李瑞环做了汇报，并取得李瑞环的支持。这样从1985年开始，黄帝陵清明祭祖活动升格为由陕西省省长主祭，延安专员、黄陵县县长陪祭，国家领导人参加。

第二点是开发店头煤田，将铁路修到店头，实行三点一线战略。所谓三点，是指秦家川、县城、店头；所谓一线，是指秦家川到店头这个铁路线，店头煤田开发以后，接着是在秦家川建煤台，再接着是对店头小煤窑进行整顿。一百五十七个小煤窑经过整顿，只留下五十几个。

三点一线经济战略的实施，为黄陵县带来了巨大的财富。店头煤田的开发，成为黄陵县经济的增长热点，并拉动了其他经济的发展。

第三是发展农业。

张志清是1987年11月15日离开黄陵调地区任副专员的。他走时，黄陵县是全地区第一个财政自给县，黄陵经济在全省排名第十七位，在陕北高原数一数二。全县村村通电、通公路、通自来水。

"走一处富一片"是老百姓对张志清的评价。90年代初，我曾以作家身份，到黄陵县挂职副书记，深入生活，那时，张志清已经离开七年了，但是老百姓还是时常念叨他，说他为人正直，有魄力，爱老百姓，说张志清能来黄陵工作，是黄陵人的福气。

延安经济大发展的十年

历任十四年的县长、县委书记，在陕北高原上南而北，北而南，走了一个大圆以后，1987年，张志清回到地区。从1987年到1997年，这十年中，他先后担任行署副专员，地委常务副书记，行署专员。

这十年是延安经济大发展的十年。十年大发展倾注了张志清的全部心血和才能。但是，他总把成绩归功于他的同事们，他说，他当副职时，是协助正职工作，他当专员时，是在党委领导下工作。

对于改革开放的条件下，延安如何发展，他提出了走出延安封闭环境，加强外联，打延安牌，重振延安雄风的构想。这十年来，由他带队，延安先后与上海市宝山区、福州市、山东潍坊、深圳龙岗，结为友好互助地区，并且主动修复了与甘肃庆阳、山西吕梁等兄弟地区的关系。1989年，与江西井冈山地区合作出版《从摇篮到圣地》一书。1994年，筹备北京回延安知青座谈会。并且为延安的希望工程，在北京、上海、深圳、福州等地召开新闻发布会。

十年来，张志清风尘仆仆，走遍了全区每一个乡镇。那些不通车的乡镇，他就步行前去。抓扶贫，抓建设开发。至1999年，国家定的8个贫困县已全部脱贫，67万贫困人口的温饱得到解决。限于篇幅，我们不能详细讲述这期间的许多感人事情，但是数字是硬的，光这些硬邦邦的数字，就足以说明张志清和他的同事们，这些年来的劳苦功高。当然，最后得到实惠的还是老百姓。

石油是延安的支柱产业，重中之重。中国大陆的第一口油井，就是1904年时由陕西巡抚向朝廷奏请试办延安油矿，得旨允准，在延长县境内开掘的。关于石油问题，张志清提出他的战略构思，并使整个构思得到落实。延安经济这些年一年一个新台阶，石油出了大力。

石油战略的构思是这样的。

第一，在区属延长油矿下面，重点发展县石油钻采公司。现在，县钻采公司年产原油140多万吨，销售收入22亿元，仅此一项，就为县财政增加税利10多亿元。

第二，实行延长油矿西进战略，加紧勘探和资源占领。

第三，扩大化工生产，建设延安炼油厂二期工程。现在延炼和永炼达到年300万吨炼油能力。

第四，把建在西安繁华地段的延炼大厦，变成干部培训基地和销售窗口。

管 干 部

最让张志清感到欣慰的是，在他手里，提拔和选用了一大批优秀干部。这些干部许多走出延安，现在在省上多个厅局工作，大部分还留在延安，成为各县领导和市上多个部门的领导。尤其是我在延安采访期间，与延安市毗邻的榆林市正在召开市人民代表大会，张志清当年在黄陵工作时用起来的一名干部，被选为榆林市市长，这令张主任兴奋异常。"省上说让把权交给群众，群众拥护谁就是谁，谁能把榆林经济搞上去就选谁，结果，这位同志当选了！"张志清有些自豪地这样对我说。

在五十年的风风雨雨中，张志清和那些农村基层干部，结下了很深的情谊。他常说："这些人把一辈子都交给共产党了，咱们不能忘了这些人！"在他管组织期间，提议将这些老劳模、老基层支部书记转为干部，其中有宝塔区枣园的雷治富，有南泥湾的侯秀珍，还有志丹的曹崇山、张秀、乔志国、刘兴成、石向俊等等。

提起刘兴成，张志清表情凝重。他说刘兴成是志丹张渠人，他带领全村，把家门口的那条沟全部修成了梯田，把山上全都栽满了树。给他解决了干部身份以后，他很快就去世了，村上人为他竖了碑，现在张志清每次去志丹县的张渠乡，都要抽出时间，到他墓地去看一看。

说到这里，张志清说："现在有的领导怕老百姓，我真不理解。我家的门总是敞开的，欢迎群众来。我引以为自豪的是，每年春节，都有农村的老劳模、老党支部书记来看我，叙旧！"

延安的民主、法制，要成为全国的典范

1997年，随着延安经济实力的增强，城市规模的扩大，经国务院批准，延安地区改为延安市。这样，张志清从行署专员的任上，来到新成立的市人大，担任市人大常委会主任。

早在1939年毛主席在延安时，就提出：延安的民主、法制要成为全国的典范。江泽民同志在十五大又提出，人大要造成民主、法制的气氛。担任第一届市人大常委会主任的张志清，把上面的这两句话作为搞好人大工作的一把尺子。

一切都得从头开始，设置机构、落实编制、基础建设、开展工作、行使权力等等。短短的几年时间，张志清将人大工作搞得井井有条、有声有色。在2000年的考评中，被评为五星级先进单位，延安市人大的工作在探索中前进，前进中探索，取得了令人瞩目的成就。

我在延安采访期间，许多人向我讲起在推进民主与法制建设中，延安市人大贯彻依法治国方略，议事议政、体察民情、为民作主的事例。市人大常委会办公室的同志向我提供了多份市人大在

行使监督职能中，纠正冤假错案的事例，例如《陕西日报》有一篇大文章，标题是这样的：《吴旗县公检法错拘错捕错判，延安市人大依法监督终纠错》。类似的事例还有很多，限于篇幅，这里就不一一表述了。

在我的感觉中，人大巍然矗立，成为建设民主与法制社会的坚实保障。

两个点带动了两个乡镇

老牛自知夕阳晚，不须扬鞭自奋蹄。在人大工作期间，张志清还自告奋勇，为自己选了两个点：一个是位于长城边上的吴旗县（今陕西省吴起县）铁边城镇铁边城行政村，这个是扶贫点；一个是延炼附近的黄陵县阿党镇咀头村，这个是党建联系点。

"边城"是陕北老百姓对"长城"的叫法，吴旗的铁边城，是延安市最贫困的乡镇、最偏远的乡镇，与宁夏、甘肃相接壤。张志清选择这个地方，来磨砺他的斗志，来完成他人生的又一次辉煌，来为同等自然条件下的村子树立一个扶贫样板。

这是一块根本不适宜人类居住的土地，张志清来到铁边城时，这里已连续五年干旱，眼前穷山恶水、满目凄凉。"民以食为天，先解决老百姓的吃饭问题。"张志清说。他来到铁边城最贫困的一个村子，带领全村人造田，一年下来，每人平均三亩口粮田，先保证了群众口粮。

接着，由点到面，1997、1998、1999三年，又带领镇上修3300多亩标准农田。20台推土机、500多个精壮劳力一齐上。

从1997年到1999年，铁边城镇的基础设施和农民的生存条件发生了根本性变化。全镇新修高标准基本农田272公顷；新修拓宽乡村道路251公里，桥涵16孔，使10多个村民小组通了汽车；打水窖168

口，新增灌溉面积111公顷；高压电全部到村，低压电入户率达到50%；三年退耕还林还草5000余公顷，其中新建仁杏园万余亩，人均达到一亩多。

吴旗这块地面，过去对教育一直不太重视。这里有一个笑话，建国前，吴旗县的富人们不识字，而穷人识字，原来，1935年中央红军长征到吴旗以后，实行扫盲运动，要求每家每户都要派人去上学，富人们于是雇了穷人的孩子去支差。这是一个真实的故事。

张志清在铁边城镇抓扶贫时，告诉农民，要改变穷困的面貌，一定要有知识，要叫孩子上学。他还从基础设施抓起，四处化缘，为铁边城镇建起两所希望小学，为农民孩子就学提供了保证。

住在穷乡僻壤的农民，看病难。小病扛一扛就过去了，大病到城里去看，又花不起钱，只好眼睁睁地等死，反正农民的命也不值钱。农民出身的张志清看在眼里，疼在心里，他多次联系，1999年春节前，从省上请来专家，为铁边城的老百姓们义诊，那几天铁边城像过节，扶老携幼，几十里外的老百姓都赶来看病。

《延安日报》以《百姓心中的丰碑》为题，报道了张志清在吴旗铁边城扶贫的事迹。

黄陵县阿党镇的咀头村，是张志清的党建联系点。他在这里用短短的时间，将咀头村建成了一个观赏农业村、生态果园基地。在经济上和扶贫点一样对待，在政治上抓村班子和乡班子建设。引导农民用政策保护自己，用法律保护自己。

短短几年中，铁边城和阿党都发生了巨大的变化。在2000年的全年工作综合考评中，铁边城从原来吴旗县的倒数第一，现在上升到第二三名；阿党乡则从原来黄陵县的第八，上升到第三名。

在采访中，我见到铁边城镇的党委书记、阿党镇的副镇长，提起张主任来，他们都说，得益于张主任的指导帮助，这几年乡镇工作跨上了新的台阶，乡镇、乡委同志的领导水平和领导艺术都有明显的提高。

情系桑梓

一位诗人说过：我是一只高高飞翔的风筝，系着我的另一头是亲爱的故乡！

在倥偬的工作生涯中，张志清时时不敢忘记他的白马滩故乡。前面说了，当年老母亲在世时，每年春节，他都要回家为乡亲们写对子。后来母亲过世了，最后的牵挂没有了，故乡也就很少回去了。但是，故乡毕竟是故乡，多年来，他总是在力所能及的范围内，为故乡的老百姓做一些事情。

1988年，家乡遭受水灾，整个白马滩成了一个乱石滩。当时，张志清任延安地区救灾总指挥，他星夜赶往白马滩，指挥救灾，让电、路、桥在短时间得到恢复。

当年的列宁小学，如今的白马滩小学，是张志清的母校，他最初接受文化启蒙的地方。他一直想为学校做一点事情，号召大家捐献，自己则带头捐了一个月的工资。又多方联系，终于取得了上海市宝山区的支持，由宝山区出资，在这里建成希望小学。

还有白马滩镇的街道改造，白马滩到红石崖的路，白马滩到甘井的路，白马滩镇老百姓的饮水问题，都在他的关注和支持下，得到圆满解决。

"为老百姓办好事！"祖父的这个训诫跟着张志清一辈子。

结 束 语

这就是一个人人生六十四年来、从政五十年来走过的路。我真实和诚实地记下这些。在记下这些的同时，我深切地感到中国这么一个大摊子，正是靠这些身在基层、兢兢业业的干部，像脊梁一样支撑着、运转着的。他们成为国家机器中的一个可靠的部件，维持着国家的发展和稳定。我们有理由向他们致敬。他们是党的财富，我们国家的财富。

茅盾先生当年在西北高原游历一番后，曾经写过一篇《白杨礼赞》的文章，他赞美白杨树是树木中的伟丈夫，他说：这就是白杨树，西北极普通的一种树，然而决不是平凡的树！

我同意茅盾先生的赞美，我把我的赞美给张志清，同时也给这块土地上每一个为老百姓做过实事的共产党的干部们。

一群光明使者在歌唱

电力系统有一支庞大的文学创作队伍，并且在这几年有不少厚重之作出现。这是我不久前才知道的事情。去年冬天，全国电力文协组织评奖，要我去当评委，我赶到那里去一看，见房间里堆了半房子的书。这些书有江浙一带的、有东北的、有陕西宁夏新疆的。听组织这次活动的电力系统作家潘飞同志讲，初评已经结束，这只是筛出来的一部分。后来我们开始看书，我们给自己定的宗旨是，如果遗漏了一件好作品，那我们将会内心不安，那将是对这个作者的不公平。这样你可以想见，我们的阅读量有多大。好在有西北大学的三个文学教授在，我说你们几位多多辛苦。书终于看完了，奖后来也评出，社会评价说，这次评奖是对中国电力系统文学创作队伍和文学创作成就的一次检阅。我们则由于这次担任评委的阅历，有幸目睹了中国电力系统文学创作的蔚为壮观的景象。

这是题外话。

这次，朋友拿来汉中供电局的职工们创作出的一本文章合集，约我在书的前面说上几句话。我曾经多次下决心，不再为人做序了，我有好多重要的创作计划在那里放着，它们一次次被打断。可是友人说，我是一个公众人物，有为公众服务的责任，或者换言之，每一个公众都有指挥我的权力。这话好像不太对，又好像还有几分道理。我想了想，叹了一口气，于是打开这本书。

严格讲来，这是一本稚嫩之作。较之我在前面提到的那些获奖作品，它们之间还有很多的差距。这本书中的更多的作品，给人感觉还是在战战兢兢地学步。读这些作品，令人想起我三十年前，处女作发表时的情景。如果说它有理由存在的话，那么，它存在的意义在哪里呢？我想，这些年轻的歌者终于走出了第一步，他们在开始学习怎样用笔和这个世界对话。这就是意义。

书中的许多作品，都是阅历的记录、情感的记录。例如郭菁的《笑对人生》里的那一股子人生况味。世界上有许多秘密本来就不该说穿。说穿了是一种伤害，而不说穿却是一种缺憾，这真是两难。人生就是在这样的炙烤中走下去的呀！例如宗汉斌的《小村轶事》，它记录了电进入城郊农村的那一段史实。这篇文章也勾起了我对电的记忆。60年代初，我生活在西安远郊农村。先是看见马车拉着大电竿，往麦田里放，大约五十米放一根，接着看见人们栽竿。我记得当时正在东墙根晒太阳的一群老汉说：这下好了，以后要想死，把电线绳一摸就行了。后来不等通电，我就回城里去了。在城里，我每天都等着爷爷摸电线绳的消息，可是他始终没摸。爷爷与毛主席同庚，比毛主席多活了两年，他后来寿终正寝。是宗汉斌的这篇文章叫我想起了上面的这些旧年陈事的。

文化是一件重要的东西。按照国际上最新说法，衡量一个国家的综合国力，首先要看文化，其次才是看经济，再其次才是军事。

这本书得以出版，正是汉中供电局的领导们重视文化的结果。而这么多的业余作者踊跃地涌现出来，则说明了电力系统文学气氛的浓烈。这种浓烈气氛与领导的重视和扶持是分不开的。因此，让我借这个机会，也向关心这本书的领导们，向营造这一片文学气氛的领导们，献上我的敬意。

汉中市我二十六年前去过，印象中那里的山青翠欲滴，那里的水凝滞如带，汉中盆地自成一域，有王者气象。秦蜀文化、秦楚文化，在这里接壤。不知道我的印象对不对！

以后有机会去汉中，让我去拜访一些这些作者们吧！如果说要我对他们有所寄语，那么我的寄语是：希望他们努力，文学的第一排总是虚位以待的！我们这一代人行将老去，这场宴席将接待下一批饕食者。

一半是心血，一半是固守

刘江高高的个子。我见过他扛着摄像机的情景。当时感慨他天生就是一个电视人，扛着摄像机不用升降架，就能俯拍。刘江的两条胳膊还特别长，而两只大手，总是习惯性地向外摊着。我二十多年前见到刘江的时候，他的两手向外摊的习惯，让我疑心他是一个开那种载重大卡车的司机，后来一说，果然是。这种两手向外摊的职业习惯，已故的作家王小波也有。王小波的最后几年就是靠开大卡车谋生的。

刘江是一个内向的人，一个不事张扬的人，一个容易被忽视的人。从宜川走出的业余作家，我认识好几个。应当说，和刘江也是老朋友了。但是印象却很浅。因为他见面时几乎很少说话，在人多的场合也永远不会成为中心。这是我的错误。读了这本书，我才突然明白，这是一个有着敏感、真诚而正直的心的人，他大约是最不该被忽视的啊！

这一个年龄段的陕北文化人，受北京知青的影响很深。宜川县那阵子，在文化馆负责群众业余创作的姑娘叫朱玲。记得，朱玲高高的身材，通身充盈着一种浓烈的文化感。冬天的时候，一条绛紫色的大围巾将脖子围住，将半边脸蒙住，然后再夸张地摊向肩头。

朱玲写过一个《他们不应该被遗忘》的大语文章，是我在《延安报》当副刊编辑时发表的。文章是悼念一位死在白草洼的女北京知青的，写得回肠荡气，真挚深情。

刘江早期的文学创作，大约也受过朱玲的影响。那时候的宜川作者们常说，他们搞文学主要是为了接近朱玲，或者说，爱文学和爱朱玲成了同义词。这是调侃的话，这里不说。

这本书是刘江二十多年来业余创作的一个结集。我很能理解这种心情。这是心血，这是心中对文学殿堂的一种固守，这情景就像农民在秋后清点自己打了多少粮食，生意人在深夜里数自己攒了几块银圆一样。业余作家刘江清点出的是这本叫《永远的记忆》的书。

我认真地读了这本书。前面说了，这个人高马大的人竟然是如此敏感和质朴，这是我看了书之后才知道的。

他在书中，对祖母，对父亲，对母亲，对岳父，对妻子，对同事，对曾经帮助过他的人，对曾经养育过他的陕北山水，表现出了一种怎样叫人感动的情愫呀！这些事情都是小事，但是，经作者的敏感的心来讲述这些事情，于是每一个寻常的故事里都有一种爱与关怀存在，都被蒙上了一层诗意的光辉。

当在这个世界上游历了一圈，重新回到我们的桑梓之地的时候，我们会明白一件事。这件事就是：人的认识总是舍本求末，去关心那些远不可及的事情，而忽略了你的身边。其实，远处的东西固然重要，但是对你来说，你身边的东西才是最重要的。因为他是你的。好不好都是你的。

在西安这个初春的早晨，我为刘江先生的作品集写下以上的文字。他此刻干什么呢？大约正扛着摄像机，在陕北的某一处山路上走着。带着谦恭的微笑，两只大手习惯地向外摊着。

刘江说了，他的第一篇《丹州人》是我在《延安报》当副刊编辑时给发的，所以这个序一定得我写。这句话说出，第一叫我觉得无法推辞，第二叫我心里暖烘烘的，觉得自己这一生还是干过几件赢人事的。这样我就写了。

而在写的途中，我感到一种深深的愉快。恍惚中，我感到自己是在与那一块厚重的土地对话，与一位很好的朋友对话。

文学的第一排总是虚位以待的

这位作者驾驭文字的能力叫我惊异。她的那种准确而透彻的表达，她字里行间所流露出的古典意蕴，这都是我在当今作家中很少看到的。对于文学创作，我曾经给过它三个标准的，并且自己也是一直这样要求自己的。这三条标准就是，一，准确。板上钉钉一般，决不允许言辞中似是而非（一个苏俄作家说过，在几十个相近意思的词汇中，总有一个是最适合于你的）。二，简洁。雨果说过，简洁是天才的姊妹。第三，直接。不要迂回，兜弯子，锣鼓长了没好戏，要勇敢地走向你最想表达的东西去。记得新闻的第一要素就是：把最重要的话放在最前面说。

负责地讲来，这三条，这位名不见经传的作者都做到了。当今，这种准确、简洁、直接的文笔并不多呀。——这是我想说的第一段话。

这本文章结集的书名叫《另外一种行走》。人生过程本身就是一场客居、一次羁旅。记得好像三毛，或者席慕蓉说过一句话，她有一件牛仔风衣，一看见它，自己就有一种远行的渴望，寻找那天边的橄榄树的渴望。是的，把自己交给道路，交给远方，交给接下来的未知，这是人类一种与生俱来的情愫。而本书的作者，她笔下所记录的，或记人、或记事、或状物、或抒怀，说的正是自己的生命体验，她的半生以来精神之旅的纪年史呀！

现在流行一句话，我十分地喜欢。这句话叫作"生活不只眼前的苟且，还有诗和远方"。是的，人的一生，大约苟且偷安的时间居多一点。记得屠格涅夫曾说，一想到漫长的黑暗的庸俗的一生在等待着他时，他就不寒而栗。而鲁迅先生也说，他的一生都在和无所不至的庸俗做斗争，从而不会使自己沉沦。让我们忙里偷闲，从世俗的生活中偶尔拔身而出，仰望星空，从匍匐的大地上拔出脚来，把双脚交给道路，把自己交给远方。

至于那远方是什么呢？或者说那道路的尽头是什么呢？那么且不去管它吧！鲁迅先生在《坟》中说，山的那边是什么呢？村上没有人去过那里，只有偶然有些传说而已，那么，让我去走一趟吧，生命是我自己的，所以我不妨大踏步地向前走，前方不管是死亡，是污血，都由我负责。写到这里，作者的我，眼睛有些潮湿，让我们向鲁迅这位文化巨人致敬。是的，不管是死亡，还是污血，那都同时也是诗呀！

这位作者大约长期在一个名叫514厂的中航企业工作。前不久，我曾应邀，去这家央企演讲即将出版的一本书《我的菩提树》的大要。这次，秋菊背着她的这本书的手稿，来西安找到我，请我为这本书写个序言之类的东西。她说，我演讲时，她就坐在第一排。

"第一排"这句话，好像雨果也说过。他说："文学的第一排总是虚位以待的。"于是我用雨果的这句话，作了这篇序言的标题。

我怀着美好的愿望，希望因了这本书的出版，让读者认识这位新人，让济济一堂的陕军队伍中，又有一个实力派人物。

我还对秋菊说了，你在有了这么好的文笔之后，这么久的艺术前期准备之后，可以尝试着写小说，宏大叙事、庄严陈述。这里我举了两个例子，一是俄罗斯文坛的例子。普希金在杂志上看了果戈理一些作品后，他对果戈理说，你已经有能力扛起一些大的东西了，我这里有一个题材，你拿去写吧！这就是俄罗斯文坛第一部长篇小说《死魂灵》产生的起因。第二件是我们身边的，1985年，陕西作协由路遥主导，开过一个长篇小说促进会，会议的口号是"文学最后的较量是长篇小说的较量"。这样就有了后来的"陕军东征"现象。

秋菊说她不会写小说。而我，在看了这本《另外一种行走》的文章结集后，我觉得，这位作者是可以写长篇小说的，她的许多篇文章的叙述语境，其实都是小说的。她需要做的只是，像摊煎饼一样，将场景铺开——像《清明上河图》一样铺开。

就说这些吧！今天是2017年伊始的第二天，孙女在旁边聒噪着，我得去哄哄她了。窗外冬日暖阳扑面而来，世界在这一刻多么静谧安宁。

潘多拉的盒子或者所罗门的宝库
——《中外俏皮话经典》序

　　我点燃一支烟，带着期待的喜悦打开这本书。我感到像打开一只潘多拉的盒子，放出许多带着恶意的微笑的魔鬼。我感到像打开一座所罗门的金库，人类的至高智慧像金子一样在眼前闪闪发光，蜂蜂拥拥、熙熙攘攘，故世的或健在的语言大师们舌吐莲花，从我眼前列队走过。我是幸福的，因为有这本书；是这本书给了我与他们交谈的一次机会。

　　其实在十多年前，中国出版界有名的选题大王、现在担任一家出版社总编的陈绪万先生，就曾经向我谈过这个选题。他说，将那些文学名著中的妙语警言，像提炼糖精一样地搜选出来，集其大成，编成一本厚厚的书，那该是一本多么奇妙的书呀！它肯定有很好的销路，它肯定有很多的读者的。

　　作为我自己来说，我也常常有这种遍搜天下美物于一室的想法。我曾经说过，我阅读过的书籍可以开一座小型图书馆。而在阅读的途中，那些庄谐并出的大幽默，那些四两拨千斤、一指捅破伪善道德的大智慧，那些令人捧腹令人喷饭的俏皮话，那些人类的巧舌头所能说出的奇妙的声音，总带给我极大的喜悦，总让我流连其间而久久不忍离去。每当这时，我就想应当有这样的一本书才对。

现在这样的一本书出现了，它的名字叫《中外俏皮话经典》。编选者是两位年轻人郭世平、高海潮。我想社会有理由向他们付出的巨大劳动量致敬。我们是这项劳动的受益者，而我是受益者中的第一位。此刻我在阅读这本书时就感到一种全身心的喜悦。这种喜悦是在接近智慧时才会有的，是在用大师们的智慧洗涤自己被世俗荼毒的心灵时才会有的。

我记得好像是拜伦说过这话：将全世界女人的优点都集中到一个女人身上，然后让我去爱这个女人，让我紧紧地拥抱她。面对这本书，我就感到这本书像是在实践拜伦的这句话似的。我还记得尼采说过一句话：我的虚荣心是，用一句话说出别人用一本书说出的东西，说出别人用一本书没有说出的东西！此刻面对这本书，我能不能这样说，这是一本用无数个尼采式的"一句话"集纂而成的大书，它的厚度远比你现在看到的要多得多！

幽默是人类挂在腮边的一颗无可奈何的泪滴。人类的童年大约是没有幽默的，它只有青春的欢笑和小夜曲。当人类那小小的胸膛有一天被苦难、被悲怆、被世俗填满时，它需要排遣和稀释，这时，幽默出现了。幽默之于人类，正如牛黄之于牛、珍珠之于蚌一样，既是宝物，又是一种病。

面对这本书，面对人类的天才们用自己的智慧浇灌出的这些宝物，我突然一阵阵地心疼。十九世纪的欧洲，当所有的有闲阶级都躲在沙龙里争先卖弄自己的俏皮话时，全欧洲最会说话的一个苍白青年却悄悄地远离热闹，躲进他的斗室，用笔对着他的纸说话。这人叫普鲁斯特，他说出的那厚厚的一本子话叫《追忆似水年华》。还有我们的短命天才王小波，他的那些闪烁其词的痴人痴语，字里行间，其实都是在向我们暗示他将不久于人世，可是粗心的我们竟然毫无觉察。直到他撒手长去，我们才发觉这一点。一部文学史就是一串长长的受难者名单，我们可以找出许多的类似上面那样的故事，那么这里不说也罢。

天下最厉害的是三张口，一是乞丐的口，吃遍四方；一是媒婆的口，传遍四方；一是文人的口，骂遍四方。这是我们的老古董"三言两拍"里的话。文人的舌头，是何等尖酸，何等刻薄，简直让人读了有如芒刺在背之感，但是同时，那种悲天悯人的大怜悯又令我们生出怎样的暖意呀！

辑四　尘世礼赞

上海在每一个上海人驻足的地方

上小学时，我们班有个漂亮的女生是上海人，她的父母都是银行职员。那时在陕北地区，大约有银行的地方就有上海人。大家说上海人聪明，而聪明的原因是他们吃鱼。这女同学还是我的邻居。我记得他们家有个老太太，独眼、驼背、穿一身黑衣服，力大无穷，苏北人。那老太太常年四季挎个大筐子，在山上转悠，遇到什么物什，比如玉米棒子、高粱穗子、谷子、糜子、洋芋蛋，包括地上生长的柴草之类，都往筐子里拾。那老太太凶恶极了，我们都很怕她，她常常是昼伏夜出，像民间故事里的人物，那时大家都很穷。

我上高中时是在西安郊区，我们班主任是上海人。她姓龚，是随军家属。这位女老师充满了激情和热情。我对文学的最初兴趣，以及后来以写作为一生的职业，就与她的影响有很大关系。那时，她常给我的作文打最高分，而讲作文课时，总是在谈我的作文。她还兼另外的两个班的语文老师，在那些课堂上也讲我，这样我就成了这所农村中学的一个人物。那时对我来说，一周一次的作文课就是一个节日。这位龚老师后来不知道流动到哪里去了，她是随当军官的丈夫的调动而流动的。

我当兵是在新疆阿勒泰。那是一个多么遥远的地方呀，北方之北、西域之西。边防站的旁边是一个兵团连队（兵团农十师一八五团六连）。那一年我给边防站种菜。兵团的条田里，一片铺天盖地的向日葵地中，站着一位黝黑的女人。中亚细亚灼热的太阳烘烤着，那女人拿着个砍土镘，站在水渠的分岔口。"能分一点水给我吗？我要浇菜！"我骑着马走过去，向她打招呼。那女人想了想，同意了，用砍土镘在分闸口刨了刨，于是水流了下来。

纵然我有再丰富的想象力，也无法把眼前这身材矮小、面容黝黑，拿着砍土镘，穿着高腰雨鞋的女人，和印象中那些穿着窄腿裤，抹着红嘴唇的"上海阿拉"联系起来。后来她告诉我，她是上海人，1964年的上海支边青年。那时兵团里，有很多上海支边青年，兵团的总部石河子，甚至有"小上海"之称谓。

这女人后来还到边防站来过两次，是看电影。有一次放的电影是朝鲜宽银幕故事片《卖花姑娘》。我记得，是我骑了马去通知兵团六连、五连、四连的。女人来时还带着她的两个男孩。那两个孩子和她一样黑，我们叫他俩"秃脑小子"。女人的丈夫是干什么的，大约是兵团赶马车的，或者不是，我记不清了。

那已经是三十多年前的事情了。2000年我重返白房子，曾经在这个兵团村庄停留了一阵。很遗憾，时过境迁，没有人能告诉我这个女人和她的家人后来的事情。陪同的兵团农十师文联主席杜元铎告诉我，有个叫邹家华的副总理到过这一带视察，他称兵团人为共和国伟大的公民，他说，光能在这么荒凉和恶劣的环境住下来和活下去，就让人肃然起敬。

我是在接触了许多上海人之后，迟缓的脚步才在1985年的初夏，踏入上海的。我下榻在《文汇报》招待所以后，然后迫不及待地走向街头，感觉到上海并不像电影和传说中的那样纸醉金迷。

摇摇晃晃的一个北方大汉，在南京路上走着，身子两边弱不禁风的男女纷纷倒地，而我竟然浑然不觉。后来同伴们笑我，我才发觉，于是回到房间里，再也不上街了。后来这些年，我许多次去上海，每一次都感到上海在变化、在发展，那情形，正如民间传说中的那"见风就长，一日三丈"的巨人一样。上海人聪明、智慧、勤勉、大气。上海正在成为中国的经济之都。

记得前些年陕西电视台和东方卫视，曾经举办过一个卫星直播对话，陕西这边是我，上海那边是作家叶辛。我在电视上说：两千年前，西安就是世界上唯我独大的城市，而二百年前，上海只是东海边一个倭寇出没的小小渔村，而二十年前，深圳只是边境上的一个荒凉口岸，但是，时也势也，如今，在上海和深圳这两个庞大的经济动物面前，西安已经沦落得不成样子了！我的这话实际上是一个西安人的自省和警策，当然，也有一种酸溜溜的滋味在内。

最后想说的是，由于儿子在上海一所著名的大学读研，因此上海对我们全家来说，成为一个心理距离最近的城市。我母亲每天晚上一定要看上海的天气预报，然后为孙子冷暖操心。我夫人则每星期至少要拨两次"021"，听一听儿子的声音。我呢，我是男人，不把感情流露在脸上，不过只要是上海那边的事情，我都特别注意，以便为儿子将来的就业，做个准备。

儿子小时候爱吃米饭，爱吃鱼。大家开玩笑说，你长大后到上海去吧！没想到言者无心、听者有意，他果真在考研时，对着中国地图，瞅了半天，最后将目光落在上海交大的闵行校区。

对秦岭山脉的恢宏礼赞

多么好呀，陕西电视台拍了一部八集系列片《大秦岭》，在新年伊始播放。我们怀着一颗感恩的心，把家门口的这座大山，它的种种好处说出来，它的深厚的文化积淀说出来，它对秦人、对整个中华民族的历史贡献说出来。

秦岭山脉大约是中国境内最重要的山了。这座横亘于大半个中国版图上的山有来头的。它发源于号称"千山之祖，万水之源"的昆仑山。昆仑山是"南山"的意思，再往下，喀喇昆仑山，是"美丽的南山"的意思，再往下，进入甘肃境内，它叫"天山"，后来又叫"祁连山"，而进入陇东高原，进入陕西境内，它叫"终南山"，意思是美丽的南山到这里终止。而由于秦帝国的建立，这秦地的山，就又叫秦岭了。

我们的古人爱说"高山仰止"这句话，意思是说"我见过许多的高山，眼前的这座是最叫我景仰的了"。这话说给秦岭，大约是合适的。我住在西安，我家里的阳台正对着秦岭，"倚南窗以寄傲"是古人的话，每天每天，我抱着个茶杯，叼着一支烟，望着那莽莽苍苍、云障雾锁的秦岭，追思先贤，似有无限感慨在内。

这部系列片全方位地对这座大山进行了一次电视扫描。开始时听说陕台想拍一个《大秦岭》，我还有点担心，不知道这八集的长度，能不能填满。看了电视，应接不暇的场面，从各个角度的叙述和表现，对历史和光荣的顶礼，对秦岭明日的美好憧憬，对这块地域上人文地理的剖析，对依附于这块地域上的百姓生态的关注，可以说洋洋大观、面面俱到、有疏有密，俨然一部庄严的巡礼。

我是陕西人。我家门前那条流淌着的大河叫渭河。行人莫问当年事，故园索来渭水流。我家屋后那座高耸入云、横亘千里的大山叫秦岭。西北望长安，可怜无数山。人们说，我们的先民是住在秦岭半坡上，后来顺着渭河，一步一步地往平原上撵。——我相信这话，因为在大禹治水，疏通渭河入黄河处之前，渭河平原上还是一片泽园。

我们是山的子孙。我们是河的子孙。我们是秦人的子孙。

我祝贺《大秦岭》的拍摄和播出。对山冈的崇拜，对河流的崇拜，对日月星辰的崇拜，是全人类共有的一种情绪，是人类初民时期试图与世界通灵的一种精神活动。通过这个名曰《大秦岭》的专题片，我们完成了一次与眼前这座大山的"通灵"，我们真伟大。

走马西来欲到天

银川城像黄河用臂弯接着的一个宠儿。满眼黄沙到这里突然为一座异样风格的城郭所代替。有双塔和钟楼，有清真寺，有一群个性突出、才华横溢、嘴角挂着幽默的人。清真寺的主持老保刚从麦加朝觐归来，开口闭口必谈穆斯林精神。行政官员老董刚刚在北京主持完一个记者招待会，谈吐还停留在一种答辩式的思维中。作家张贤亮请我们参观他的影视城。去年我来银川，他对我说："这里最大的财富是荒凉，我随手抓一把，便是商品。"今年他说："欢迎游客来，多多益善，他们从影视城里带走的是两脚黄土，留下来的是钱。"

银川小住三日，享受了那灿烂的好莱坞式的高原阳光之后，便取道西海固，取道六盘山，去西部另一个重镇兰州。

西夏王陵在银川城左近，背倚那嵯峨的贺兰山。几十座陵墓已经被毁，只剩下旷野里大大小小的金字塔式的小土包。毁它的是元的军队。不可一世的成吉思汗，就是在进攻银川城时，为流矢所伤，不治而亡的。所以元军队血屠兴庆府（银川城的原名），尽杀降卒，并将西夏王陵掘地三尺，暴尸旷野。

西夏民族已经灭亡，西夏文字也已经失传。尔后银川出了个能破译西夏文的大学者叫李范文。他给我的记事本上用西夏文写了"常乐"二字，字形古怪，据说这字是西夏王李元昊独创的。一个民族就这样说没有就没有了，这总给人一种四顾茫然、不胜唏嘘之感。我对宁夏的朋友说，西夏的开国皇帝是李继迁，而明末清初的陕北米脂桃镇人李自成一族，据说是李继迁的后裔，也许，他该是他们的传人吧。李姓如今依然是旺族，革命时期还出过个民主人士李鼎铭，等等。行文至此，我还记起两句古诗，是说李自成身世的："一朝兵败防株累，尽说斯儿起牧羊！"

看罢西夏王陵，溯黄河而上，便进入"苦焦甲天下"的西海固地区。所谓的"西海固"，是西吉县、海原县、固原县（今宁夏回族自治区固原市）的合称，为回民兄弟居住地区。回民为什么居住在这里？据说，凶猛的左宗棠在镇压了陕甘回民起义后，要为这些降卒寻找一个安顿处，他在给清廷的奏章中，提出这地方必须有三个条件，一是饿不死，二是活不旺，三是无险可倚。清廷同意了他的话，于是他遍搜天下，四处踏勘，最后选定了西海固。

当我从这块苦难的土地穿过时，我有一种被历史窒息的感觉。且让我脱帽，向所有从事伟大生存斗争的民族致敬，向人类苦难的昨天致敬。能够唯一叫我高兴起来的是，当地政府官员说，扬黄引水工程正在建设，西海固正在脱贫。

六盘山是一座险峻的大山。六盘山往下，便进入地势相对平缓的甘肃境了。我们过山时正逢漫天大雪，被雪覆盖了的山坡一层一层，像几何图案。山口，立着毛泽东手书的那有关六盘山的著名诗句。

乱哄哄的兰州城，脏兮兮的兰州城，由许多古板的灰色建筑物组成的兰州城，并没有给我留下多少印象。这座城市唯一的特色，也许就是那条喧嚣的、穿越而过的黄河。

再往前走吧，向北方！现在正是远行的季节。艾青说过，北方是悲哀的。艾青之后，郭小川也说过这话。郭小川之后，有个战士诗人陈辉也说过这话。

兰州离西宁其实很近。我们的车，沿着一条叫湟水的河流，溯流而上，到了西宁。穷山恶水包围中难得的一块锦绣繁华之地，这就是西宁。越往前走，我的心里越有一种惊悸的感觉。我感到自己正向一座深不可测的深渊走去，向神秘的不可知的远处走去。宛如人们所说的托尔斯泰蹒跚在精神的荒原上一样。我这时候想起"走马西来欲到天"这句话。

从西宁往前走，穿越日月山。日月山据说是文成公主进藏时，将日月宝鉴摔碎的地方。日月山极高，两座山头，朝天挺起，像女人两只奶头，青藏公路就从乳沟穿过。我们过时，风大极了，吹得人满地跑，皮大衣被风吹起，摇摇曳曳，像鹰的翅膀。

下来就是明净的、深厚的、缄默的，像一个慵懒的睡美人一样横卧在高原上的青海湖了。我们在青海湖的冰面上，走了很久很久，我遗憾没有让我的儿子和老婆来，让他们感受这雄伟的风景，让他们知道人间有大美。

远处是雪山。长云列阵，悬浮在绵延雪山的顶巅。近处是空旷的戈壁草原，牦牛一群一群地在其间游弋。一位藏族牧牛姑娘，骑着马颤悠悠地走来，在我们的车前停下。姑娘镶着象征富贵的大金牙，头上则梳了许多辫子。"能数数您头上的辫子吗？"我们问。姑娘同意了。姑娘叫多吉卓玛，她头上的辫子一共是82根。

还要往前走吗？远处500公里处是格尔木，格尔木再往前走，或是阿里高原（穿过高原便是新疆），或是拉萨。女作家毕淑敏主张往前走，因为她曾在阿里当过兵，想重游旧地。周涛先生却不想走了，因为他开始高原反应。最后开车的司机小徐也脸色发青，开始呕吐了，于是行程到此结束。

那没有去过的地方就留给日后了。不过我们这个年龄的人，还会有多少个"日后"呢？"那太阳落山的地方有金子！"这是美国戏剧大师尤金·奥尼尔借剧中人之口说过的话。对于那金碧辉煌的远方，也许我们此生注定无缘一识，我们将注定羁绊在为自己划定的范围中，所以，我们注定平庸一生！

西王母传说与泾川

我来到泾川，参加了西王母的纪念仪式。看到泾川那些父老乡亲淳朴的面孔，我很感动。尤其是仪式上的表演，姑娘们的载歌载舞，恍惚中，令我有一种西王母从《诗经》中走下来、从《山海经》里走下来的感觉。记得，前年的活动我也来了，参加了西王母纪念活动，还参观了大云寺。

大云寺有两千多枚佛骨舍利，领导叫我们用显微镜看了。像泾川这个地方这么多的佛骨舍利，全国别的地方都没有，许多有名的寺院也没有这么多。印度孔雀王朝的阿育王，破八塔为八万四千塔，用以供奉佛骨舍利，中国的法门寺当属这八万四千塔之一，但它也只供奉了四枚。所以泾川是丝绸路上佛教最重要的通道之一，大教东流途中一个重要的跳板。佛家有一句话叫，"或问高僧，从何处来"，高僧答曰，"从来处来"；"或问高僧，到何处去"，高僧答曰，"到去处去"，这是佛家的话，主要讲生命的轮回。佛家还说了，一念善，一念成佛；一念恶，一念成魔。善恶原在一念之间。这个话头就此打住，不再说。

前年的时候我到泾河对岸的完颜村，去看了以后很是感慨。到山顶，看到金国最后一个皇帝的墓茔，还有金国最有名的宰相，秦腔里把他叫金兀术，他叫完颜兀术，看了完颜兀术的衣冠冢。白云苍狗、世事沧桑，他们已成古人。完颜祠堂让我写一段话，我是这样写的——在漫长的残酷的人类生存斗争中，每个民族为了拓展他们的生存空间，维系民族的存续而奋斗过努力过的人物，都是民族英雄，我们应当站在现代人的角度向历史致敬，向他们致敬。是时间教会了我们从不同的角度来看事情。

接下来再说西王母，因为她在《山海经》里出现过，说她是和轩辕、炎帝、蚩尤同时代的人物。她又在周穆王时代也出现过。我们可以把她定位为西戎氏族的一个首领，也许是专指某一个著名的首领，也许只是他们一连串地一代一代继承的首领的通称、封号。她的活动，我是这样判断的，泾川有回中山、泾水、汭水，两水交流。这个地方是难得的一片好地方，十分地开阔，又是关中的门户。泾川地面亦属于大关中文化板块。东有函谷关（老子过的关），西有大散关，南有牧护关，北有萧关。咱们这个地方，当年按地理方位叫关西，包括平凉、固原、天水；而山西的临汾、运城，河南的洛阳、三门峡则称关东。

关于西戎，在历史上记载，曾经强烈地融入华夏民族。她的大的一次融入，历史上是在周朝。周朝有东周、西周，西周帝都曾经迁往洛邑。历史上有一个事件，叫周幽王烽火戏诸侯，周幽王娶了一个美女叫褒姒，做了皇后。褒姒，褒是什么意思，太白山山顶上向南流的一股水叫褒水，向北流的一股水叫斜水。褒斜道就是顺着水流修建的道路。韩信的明修栈道、暗度陈仓，这走的就是褒斜道。诸葛六出祁山，好几次也走的这褒斜道。褒水流到汉中平原，形成一个小国，叫褒国，那里出了一个美女叫姒。烽火戏诸侯以后，周幽王废了皇后申后，立褒姒为后。周幽王的老丈人一怒之下，逃到西戎，借来大兵，斩杀周幽王于骊山烽火台下。烽火台下有一个老母殿，也可能是纪念西王母的庙。民间口口相传的说法是纪念骊山老母。西戎大兵到了关中，不愿意走了，整天滋事。随着周平王继位，为了躲避西戎滋事，惹不起你我还躲不起你？于是乎迁都洛邑。西戎就此占据陇东陇西高原一带，甚至在关中平原其他地面也扎下营帐。西王母可以解释为是西戎整个部族首领或是其中某一个强大部族的首领。按古人的说法，东夷、西戎、南蛮、北狄，为整个中国农耕文化圈少数民族包围者。这是我的关于西王母文化的一点肤浅的理解。

关于中国文化再说两句，最近我写了一本书叫《我的菩提树》，写好以后，很多地方叫我去讲。最近讲到一个很核心的问题。现在兴起国学热。我对台湾的几个朋友说，我强烈感觉到台湾继承了国学的根基。咱们大陆的教育犯了一个很大的错误，把国学的根基断了。"五四"运动以火烧赵家楼为肇端，以打倒孔家店为标志，一定要把支撑了中华文明板块两千年的儒家学说破掉，理由是，这个学说把中国人从当年百家争鸣时代的思想的巨人现在变成了思想的侏儒，所以要破掉。"文革"中又登峰造极，破"四旧"、立"四新"。这个"五四"运动对文化的这种隔断，它产生的巨大影响是什么，"五四"运动以后出现了各个方面，包括文学方面的大家，那是值得我们怀念的一个伟大时代。"文革"的话，最初毛泽东的想法也是很好的，想学"五四"运动，再来一次全民的思想大解放，后来局势出现了别的变化，没有实现，没有实现咱们就不说了。咱们只是小人物，咱们立足在文化上说一些事情。但是产生了什么影响呢，就是现在我们把传统丢开了，想要树立新的东西又没有树立起来，所以整个民族就思想混乱。我跟他们讲，我说现在各种网站上的报道，那些大奸大恶之人，在历朝历代，哪怕是中国最黑暗的时代，它一定有个底线，就是把这些人，用体制的力量，把他们踩在脚底下，不能让他们翻身，牢牢踩住。但是在现在这个时代，这些人沉渣泛起，是五千年的沉渣泛起呀，因为没有什么可以制约的了，还因为整个民族缺少一种对文化的敬畏感。

现在我们再说国学热。礼崩乐坏、人心不古，于是咱们求助于祖宗，兴起国学，要靠国学来把孔孟之道再拿出来。拿出来这对吗，这是对的。但是我们在把孔孟之道拿出来时，必须很清醒地认识到一点，我跟很多人谈过，我说现在讲的社会流行层面上的这个国学，它不是完整的国学，是变了味的国学，它是明清以降，处于封建末世时代的国学，里面有一半精华，另一半则是糟粕。那么纯正的国学应该追溯到什么时代呢，再往前，追溯到它的原始解释阶段的孔子阶段、老子阶段，儒家和道家的鼻祖阶段这些个阶段。那么这个阶段的国学是纯正的国学、完整的国学吗？可以说是纯正的、完整的国学，但还是不够完满的。

为什么不够完满呢，我给咱们举个例子，我说孔子拜见老子，老子告诉他，说："我要辞职，开始去西行，我给你委托一件事，作为周王朝藏书馆馆长的我收藏了很多的书，搜集了一些民歌，有三千多首（另一种说法有一万多首，包括武功、岐山、泾川、旬邑、彬县一带的民歌）。你为我们民族完成一件更重要的事情吧，把民歌装到你的牛车拉回你的老家曲阜，给咱们编撰成书籍。"后来孔子答应了，用车把书拉回去了。但是他从二十三岁到六十三岁，用了四十年时间周游列国，宣传他的政治主张。后来到了六十三岁时，突然明白，想起老子的话，于是回到他的家乡去。最后十年，孔子干了两件重要的事，一是开始办学，他是中国第一个平民教育家，然后第二件事就是领着他的学生开始编撰这些书籍。他在编撰这些上古时期的民歌时有一个标准，叫"饥者歌其食，劳者歌其事，帝王将相歌颂自己的文治武功"。所以他把大量的也许在今天我们看来更为珍贵的民歌扔掉了，没有编撰进去。后来秦始皇有一个焚书坑儒，这些民歌就永远地没有了。所以他的编撰是有所取舍的，他是为政治需要服务的，那个时候他就有偏见了。所以老子时代孔子时代还不是中华文化最古老的根。

那么根还要怎么追溯呢，我跟他们说，中华文学的第一篇作品叫《击壤歌》，产生于三千四百年前，大禹王时。大禹治水后，做了大禹王，开创了夏商周的夏朝。大禹治水过来，陪同的官员们赞美他，赞美他的国泰民安。老百姓听了不以为然，打着夯子唱着歌。《击壤歌》曰："日出而作，日入而息。耕田而食，凿井而饮。帝力于我何有哉？"就是说，"你不要在那里逞能，我们早上起来上山去劳动，我们晚上回家脱裤子睡觉，我们饿了，种粮食吃，我们渴了，在院子挖井喝水。你大禹王虽然了不起，但和我们又有什么关系呢。"

这才是中华文化的伟大源头。后来，是东汉一个叫王冕的学者发现的这首歌，查证追溯到大禹时代。这应该是中华文化的伟大源头，但还不是最初的源头。它的最初的源头，它的一切开端的开端，在哪里呢，朋友，在你们的那个崆峒山！

当初黄帝联合了炎帝，打败了蚩尤，为五千年中华文明板块奠定它最初的模式。他八十六岁的时候，觉着自己很了不起了。听说崆峒山上有个高人叫广成子，黄帝说要去拜见广成子，然后就去了，去了以后，看到有一个牧童骑着牛在山底下走了。走就走了，黄帝也没有介意。他上山以后，来到那个通天梯底下，说他要拜见广成子。当地人告诉他，那个骑着牛，吹着笛子去了的就是广成子呀。黄帝说，广成子都一千二百岁了，怎么还长得像个牧童。然后人们就把广成子找来。黄帝说："你看我把国家治理得这么好，还有什么缺点，你给我指出来。"那次，广成子说了一个著名的话，这句话就是"无为而为"，这才是中国文化的老根。他说，"人家太阳每天从东方出来，西方落下，花儿在春天定时开放，秋天结出果实，江河往低处流，云彩随风而动。大自然本身就有它的规律，你遵循它的规律行事就对了，不要试图施加自己的力量去改变它。"广成子还说："道法自然呀，最大的法是无法。你去向大自然学习吧，它早就为世界规定好了秩序！"黄帝说"那你说我什么也不要做，那我这个大活人现在要干啥呢？"广成子说"你今年多大了"，黄帝说"我今年八十六了"，广成子说"你现在跟上我来学养生吧，我现在一千二百岁了，我保证你能活我一个零头，活个一百二十岁"。这样，黄帝心就退了，就跟着广成子学养生了。

黄帝活了一百一十七岁，然后升天。老百姓们说，黄帝活了三百岁。孔子听了解释说，老百姓这说法，也是对的——生而民得其利百年，死而民畏其神百年，亡而民用其教百年，三个一百年相加，就是三百岁了。

整个这一线，崆峒山、黄帝陵，以及黄帝城，靠陕甘分水岭——子午岭将它们串起。我在陕北神木看到那个石峁遗址，距现在4500年到5000年，考古发现黄帝城就在山上面。去年好像被评为全国十大考古发现之一。一个地方成为城市的标志，它必须有街道、市场，有下水道，有排水渠，有广场，祭祀和欢庆的广场，有城墙。后来人们在神木石峁那个地方发现了十七座那样的城，给命名为石峁黄帝城。这个黄帝城的发现，似乎证明在黄河中上游一带，那个时期那些传说不是空穴来风，都是有来头的。黄帝在这个地方游牧，在这个地方开始定居。咱们过去一直认为农耕文明、定居文明、城市文明是从两河文明开始的，从伊拉克的幼发拉底河、底格里斯河开始的。如果真的轩辕黄帝城能够确认的话，那么在东方这个文明板块，也基本上同时开始了。我谈的国学我认为是这样的。

最后再补充一点《山海经》。《山海经》过去我们认为它里面很多东西是荒诞不经的东西，认为它可能是古人丰富想象力的产物，后来许多事情都证明了它是中华民族初民时期的珍贵记忆。我举一个最简单的例子，就是"共工氏，头触不周山，天柱折，天倾西北，地陷东南。"过去认为《山海经》这个说法，只是一个神话传说而已。不周山过去叫葱岭，现在叫帕米尔高原。它为什么叫不周山（别称不周山），它是绕着塔里木盆地1100多华里的一个呈不规则形状的边缘，所以叫不周山，实际上它记载了一万五千年前侏罗纪时代伟大造山运动当时的产生。大陆板块的挤压，喜马拉雅山脉就涌出来了，岩浆通红，往低处流，然后凝固冷却成山脉。昆仑山叫南山，喀喇昆仑山叫美丽的南山，这股岩浆奔流到甘肃境内，叫祁连山，进入秦安定西一带开始叫秦岭，一直到陕西黄河边上，美丽南山到此终止，所以叫终南山。地理学家这样告诉了我们以后，人们这才发现《山海经》不是空穴来风，不是信口雌黄，它是用神话传说记载了中华民族的一段历史。所以对于《山海经》里的对于西王母的记载，我们应该给与充分地尊重和肯定。一定是在那个时代出现过一个伟大的女性，然后也许这个女性是西戎民族当时一个强大的有力量的一个女王，说明那个时候整个西戎民族还处在母系氏族社会阶段。他们把她叫西王母，这些都有待专家考证。我就说这么多，谢谢大家。

　　"永恒之女性，引领人类飞升！"这句话但丁第一次说出，歌德第二次说出，托马斯·哈代第三次说出，我老高今天第四次说出。说给供奉在殿堂中的我们的西王母。

罗布泊风景

　　为了给中央电视台《中国大西北》撰写脚本，我随钻探队来到荒无人烟的罗布泊。罗布泊曾是一片汪洋大海，沧海桑田几千几万年后，它成为连接欧亚大陆的纽带——一条丝绸之路贯穿其中，那是一条文化文明之路，诞生了伟大而灿烂的楼兰文明，筑城、织布、商贸、农耕、水利——谁也无法料想一千年后，它会成为一片寸草不生的戈壁。据说，在探险家赫定的记录中，有他在罗布泊曾循着野骆驼粪，找到一眼泉水，从而活下来了的几次经历。那么没有记载的当更多，在既往的年代里，当一队干渴的士兵，一支负重的驼队，三两零星的旅人，行走在前不见头后不见尾的漠漠荒漠时，眼前那时时飘忽而过的野骆驼，会给他们多少精神的惊喜，又会将他们带到那神秘的泉边。

　　但是野骆驼已经永远地从这块土地上消失了。据说最后一次见到野骆驼的人是彭加木。一说是彭加木将自己的那份饮用水，给小骆驼喝了，然后将喝足水的小野骆驼放走了，另一种说法是，这小骆驼后来死了，被放在博物馆里成为动物标本。

　　也许正是因为见到这几峰野骆驼，才令彭加木产生找泉水的欲望，从而踏上死亡之路的。因为有野骆驼出没的地方，水源一般不远。

那神秘的罗布泊六十泉如今一个也找不到了。大约随着地下水的不断下降，它们也逐渐干涸。赫定曾谈到，有一次野骆驼领着他来到的那个泉子，只是地表上有一些湿土，他们须用铁锹挖上很久，才能见到渗出的淡水。

在罗布泊的日子里，我常常想，如果这地方地底下能冒出一股泉水，那么这里要不了几年便会成为一个村镇，如果这泉水再大一些的话，那么这里会成为一个城市，如果再大一些的话，这里便会成为一座楼兰那样的都城。同行的许多人也都这样说。可惜没有水，即使侥幸探出的话，也只能是卤水。

罗布泊野骆驼的头很小，脖子则很长。长长的一伸一缩的脖子上挑一个橄榄果般的头。据说它的头比家驼的头小一半。它的形态则轻盈有如驼鸟。

罗布泊另一种重要的消失者是普尔热瓦尔斯基马。据说这亦是一种体态娇小的马。一百多年前，罗布泊近代探险史上的先驱者之一普尔热瓦尔斯基一踏进罗布荒原，眼前便奔来这世界上独一无二的野马。普尔热瓦尔斯基向外界介绍了这种马，这种罗布泊野马遂以普尔热瓦尔斯基的名字而名。

消失者还有探险家赫定所见过的那遍地的苍蝇，遍地的蚊子，遍地的蚂蚁。这些低能而又卑微的动物的消失，是在本世纪。赫定初踏这块荒原时，罗布泊的湖岸上，罗布人居住的村落里，乌黑的苍蝇还一层又一层。但是说一声消失，它们就消失了，无影无踪。

赫定的年代里，罗布泊也是遍地蚂蚁。赫定甚至认为，新疆虎的消失就是与这遍地蚂蚁有关。当老虎生下幼崽以后，这蚂蚁骚扰得虎崽无法成活，甚至把这虎崽吃掉。于是荒原上老虎越来越少了。

罗布泊当年也是蚊子的天堂。这里有水，有条条注入罗布泊的河流，有铺天盖地的芦苇荡，有黑色的沼泽地，这些都令这里成为蚊子的最佳生存地。那蚊子现在还在，并且年年欺侮和折磨着我之后的那些守边的士兵。

　　但是在这罗布泊，蚊子现在是一个也没有了。白茫茫大地真干净。好像是有一股风，将地面的那一切都刮跑了似的。只剩下一片荒漠，这是罗布泊亘古不变的风景。

"葱岭"天池

　　它现在的名字叫帕米尔高原。它历史上的名字叫葱岭，别称——不周山。在佛教的经典表述上，它又被称为大雪山，也就是喜马拉雅山。佛教有一个须弥山的概念，认为那是众神居住的地方。最上面一层居住的是佛陀，第二层居住的是诸位菩萨，第三层居住的是四大天王，第四层居住的是十八罗汉或三十六罗汉或五百罗汉，第五层居住的是佛家普通的僧人，统称和尚。东面白银，北面黄金，西面翡梨，南面青琉璃。四宝所成曰妙，出过众山曰高，所以须弥山又称妙高山。

　　在俗常的叫法中，它被叫作葱岭。为什么叫葱岭，专家的权威解释是，在山的向阳一面，坡地上长着密密麻麻的野生小葱，所以叫葱岭。笔者觉得，这个解释是否有点小样儿，一上葱茏四百旋，在这与天同高的世界屋脊上，它的腰部长着遮天蔽日的雪松，葱葱茏茏，蔚为壮观，它的顶部白色的雪峰像盔甲一样在中亚的阳光下闪耀着炫目的寒光。"噢！多么葱茏的一条大岭啊！"站在塔里木盆地的人们，手搭凉棚仰头一望，会这样发一声惊叹。

　　在佛教的经典解释中，在这葱岭之巅有一座龙池。龙池在香山之南，大雪山之北，百八里方圆。香山就是人们现在说的昆仑山。

大雪山就是人们现在说的喜马拉雅山。这里是众神居住的地方，由龙王看管。龙池的四个方位分别有四种动物向世界的四个方向喷着水。

龙池的东面，有一头银牛张口向下喷水，水从葱岭跌宕而下，穿越五印大地，最后在佛教圣地、玄奘取经的那烂陀寺左近，注入孟加拉湾——这条河流叫恒河。

龙池的南面有一头大象张开金口，喷出水流。水流从葱岭一泻而下，曾经路经这里的玄奘僧人告诉我们：河水喷溅，山峰耸立，路途十分凶险。僧人还告诉我们，他的路途上见到一座大佛，今天人们考证这就是被塔利班炸毁的巴米扬大佛。金象口喷出的这条水流，也流向五印大地，形成一条大河——这条河叫印度河。印度河从阿拉伯湾注入印度洋。

龙池的西面有一匹琉璃马，望着中亚大地也在向下喷水。它喷出的水流向葱岭的西面流去，穿越中亚五国，穿越今天的土耳其边境注入咸海——这条河叫阿姆河。中亚地面最重要的一条河流。张骞出使西域归来后告诉我们这条河叫乌浒河，药杀水。它在流经的路途中孕育了一个大的海子，这个海子当时叫热海，现在人们叫它伊塞克湖。伊塞克湖是苏联小说家艾特玛托夫《我的包着红头巾的小白杨》故事的发生地。它的流程中还孕育了中亚的一座最著名的古城，叫撒马尔罕。当年张骞第一次出使西域的目的地就是撒马尔罕。

龙池的北面有一头狮子，它应该是用珍珠玛瑙装成的。这头中国式的狮子张开血盆大口喷出水流，水流跌宕而下，注入塔里木盆地，它最初的名字叫叶尔羌河，接着叫塔里木河。塔里木河在行进到巴颜喀拉山的时候遇到山的阻隔，急不得出，于是汇聚成海子叫蒲昌海、叫罗布泊。然后水流变成潜流河从巴颜喀拉山的另一面涌出地面成为黄河的源头。

故《十三洲记》中说昆仑有四角大山，《淮南子》中说昆仑有四水也。这些说法和佛教经典中的说法相互印证。

贾三赞美词

贾三是个大聪明人。我给他写字，字写好以后，比画着往哪里落印。他用手一指说，往这地方落，给这儿增加一个亮点。贾三的话叫我惊异，没有几十年笔墨功夫的人，他没有这种眼力。于是我一边落印一边说："好！给这里增加一个亮点！"然后又说："贾三包子本身就是古城西安的一个亮点呀！"

我一直想为贾三先生写一点文字，苦于抓不住他的特点。他是一个成功者，每一个成功的人都有他成功的理由。贾三超乎平常人之处的地方在哪里呢？他给人的第一印象是朴实，像脚下的这块土地一样朴实。但是朴实的人很多呀！为什么命运偏偏垂青于他呢？交往多了，他给我的第二印象是厚重，像这座古城的城墙砖一样厚重，像他的遥远的阿拉伯故乡一样厚重，但是厚重的人也很多呀！

"亮点"这两个字，叫我在朴实之外，厚重之外，又为贾三的事业有成找到了第三个理由，这就是聪明和富有智慧。我常常说，聪明的人干什么事都会成功的，哪怕是摆摊卖饭。我现在为自己的话又找到了一个例证。

贾三先生是穆斯林。一提到穆斯林，总给人一种炽热的感情，想起《古兰经》，想起西奈山，想起无花果。大约从伟大的丝绸之路开通那一天起，就有源源不断的回族兄弟，向东方走了。穆斯林的伟大圣者穆罕默德说："学问即使远在中国，亦当求之！"最先，回族是从陆上丝绸之路往中国走，史书上叫他们"西域回回"或"昆仑回回"。后来，他们是从海上丝绸之路往中国走，史书上叫他们"海上回回"或"南番回回"。

这样回族兄弟融入当地，成为中华民族大家庭中的一员。他们是中华文明中的一部分。长安城的汉唐雄风中，就有回民族的贡献。西安的回坊大约就是在盛唐年代形成的。那时号称有一百零八坊。

贾三先生的家世渊源，是"海上回回"。在遥远的年代里，他们在海上漂泊许久之后，从福建的泉州登陆，然后辗转来到大西北，成为这古城的一个餐饮大家族。从泉州登陆的回族大约很多，据我知道，歌唱家冯健雪的家世，亦是如此。他们像蒲公英一样漂泊，然后生根，然后繁衍成一个大家族。这里面有着许多关于生存和奋斗的故事。贾氏家族大约在遥远的故乡时，就是一个餐饮世家，扎根西安以后，借助古城这一块宝地，龙从云，虎从风，贾氏家族的餐饮业，日益兴隆起来，"贾三包子"这个名号，成为古城西安的一个品牌。有一篇叫《贾三灌汤包子渊源考》的文章，历数辉煌，说得很全面、很翔实。

我吃贾三包子，吃了十多年了，咬一口，满口生津，叫人想起"流蜜的土地"这句话。

记得十多年前，第一次吃，就遇到了老板贾三。贾三先生要我给他写一句话，于是我信手写了"天下美味，一包裹之"八个字。这是我的由衷之言。后来他又来到我家中，要我给大阿訇马良骥写个扇面，于是我凭记忆写下《古兰经》里的一段话："以西奈山盟誓，以无花果盟誓，你要信你们的主。那些不信真主的人们，他

们有他们的命运，你们有你们的命运。"（不准确，仅凭记忆写出）

后来我常去吃。包子有几十种，确实是"天下美味，一包裹之"。包子之外，还有一些肉食的蒸碗，味道也极鲜美。蒸碗之外，还有各种面食，还有八宝粥。叫我恨爹娘只生了我一个胃，不能让这些美食从自己的口中——流过。我在吃的途中，常常想，人类文明所做的种种的努力，终极的目的无非是让人有一口好吃食，迦南那"流蜜的土地"所以让人景仰神往，之一因了它是精神的高地，之二因了那里有幸福生活在等着。

贾三包子馆事业兴隆，要动土木，建新馆。贾三先生找到我，要我再撰一句，与"天下美味，一包裹之"凑成一副楹联。我思忖再三，想起上面的感想，于是加一句"世间万物，茶饭为大"，算上联。

西安是个好地方！因为有了贾三包子，更好！这是我最后想说的话。

我们因"非典"而改变

我们正经历一个痛苦的时期，这个时期就是一个叫"非典"的传染病的肆虐。在别无良策的情况下，我们只有靠耐心，靠时间，靠意志力来将它扛过去。人在这一刻显得多么无助呀！我这一生中，这种无助的感觉只是在死亡之海罗布泊待的那些日子里才有过。这是事情的一个方面。而另一个方面则是，面对灾难，中国人表现出了极大镇定和坚强，我们的政府表现了高度的负责和高度的效率。灾难改变了我们，灾难砥砺了我们。下面，我就谈谈自己感觉到的一些改变。

第一个改变是，中国人从未像现在这样镇定和充满尊严。广东的那个专家钟南山的几次电视露面，他的谈吐给人留下了深刻的印象。"中国原来有这么多优秀的人啊！"对着电视机，我想。而那些倒在自己岗位上的医生和护士，他们则更加令人充满敬意。我想说，支撑我们这个民族脊梁的，正是这些平日不显山露水，但是在危难时期挺身而出的人。

第二个改变是，政府表现出了高度的效率和负责精神。从防治，到隔离，到集中治疗，到财政拨款，到全国境内总动员，到撤销工作不力高官，到与世卫组织的通力合作，我们的政府叫人赞赏。

第三个改变是对人的关怀和重视。"民为贵"的思想是儒家治国的最高梦想，但是这个梦想大约在几千年来很少实现过。统治者们长期以来视老百姓如草芥如蝼蚁，死个万二八千的人根本就不算回事。而这次，由于政府的重视，死了才数百号人，就引起各方面如此的震动，这真叫人欣慰。

第四个改变了透明度和知情权。央视新闻频道的开播是一件重要的事情，而北京的一日一报疫情，新闻发布会的频频召开，它所生产的意义将是巨大的。它因"非典"而产生，这是这个坏事带给我们的好事。它势必会对"非典"以后的中国政治、经济、文化诸多方面，都产生重要的影响。

第五个是社会突然因灾难而沉重，因沉重而崇高起来。中华民族有很多优秀的传统美德，这些东西在过去的年代里都慢慢丢失了，致使这个社会正在变成功利的社会、浮躁的社会，各种滑稽人物作秀的社会。目下，一场"非典"，豪华落尽见真淳，社会中坚们开始成为主流，古典精神开始抬头。

第六个改变则是，家庭之情和友情被重新唤醒，并且成为维系人与人之间关系的最重要的一种感情。

上面是我的一些感觉，疫情还在继续（尽管已经得到遏制），现在总结它还为时过早，因此，我只是泛泛谈来。但是，"非典"改变了我们，"非典"让我们重新考虑自己的生活，"非典"锻炼和加强了政府的运作体制，"非典"为我们制造了一大批时代英雄，这些则是不可置疑的。

中国将会从"非典"灾难中站起，而站起的中国将会更强大。

一个最懂中国的人

关于邓小平，后来的人可以给他许多评价。例如，一个小个子的伟人。例如，一个三落三起的打不倒的人。例如，一个坚毅和平实的人。例如，一个低调的人。例如，一个运筹帷幄扭转乾坤的人。例如，一个实事求是的人。例如，一个集古今之大成的伟大的权谋家。

这些说法都对。这些说法都说出了这位杰出人物的某一个特征。

但是我想特别说出的是，我觉得，邓小平的最伟大的地方，还在于他是那个时代里的最了解中国国情的人。

这个思考不是我的，而是一位留美博士告诉我的。几年以前，我到某沿海城市参观，该市的高新开发区管委会副主任陪我们。他是高新区招聘来的，思维很活跃。记得当参观完毕站在海边时，他说，他最崇拜的人物是邓小平。

我问他为什么，他说，邓小平是一位最了解中国国情的人。我请他继续往下谈。他说，"文革"结束后，百废待举的中国必须完成从计划经济向市场经济的过渡，要不就是死路一条。但是怎么完成这个过渡呢？邓小平说：软着陆！

这位主任说，邓小平认为中国的经济转型不能学苏联和东欧国家的休克疗法，原因是中国人的心理素质太脆弱，经不起折腾，所以只能慢慢来，平稳过渡，摸着石头过河。这样逐步完成从计划经济到有中国特色的社会主义市场经济的转换。

主任说的这些话，我开始并没有觉得有什么特别。因为我觉得，这些不过是按照事物的本来规律行事而已。可是几年过去了，我常常想起这些话，逐步觉得这些话说得很对，也越来越觉得邓小平这个人很伟大。

试想，如果我们当时头脑一热，那会是什么后果呢？

邓小平确实是一个最了解中国国情的人。他是从老百姓中成长起来的，他知道应该做什么和怎么做。他是一位平民化的伟人。

而在他的所有的行动和所有的思维中，都深深地印上了东方哲学的烙印。东方人处理问题，是务实，是中庸，是默不出声的做事。

邓小平是中国人民的伟大儿子。中国今天取得的经济成就，很大的功劳应当归于这个小个子的乾坤巨手。

热爱大西安的十个理由

一

西安是我的故乡。几天前，西安市市长请我给西安市政府机关讲讲传统文化。那天我在开场白中说，我已经六十多岁了，当我作为一个游子，在世界四方游历的时候，我给心灵的一角，安放下故乡的牌位。疲惫时躲在里面叹息，痛苦时躲在里面哭泣。那里收容下我疲惫的叹息和痛苦的哭泣。

二

大约二十年前，陕西卫视要做一期与上海东方卫视的空中对话。这边是我，那边是叶辛。记得我说，西安在两千多年前，就是世界上首屈一指的国际都市，而上海在二百多年前，还是东海滩涂的一个小小渔村，而深圳，在二十多年前，还是边境上的一个荒凉口岸。如今，西安是远远地落伍了，像一个念叨着"老子曾经阔过"的身着青布长衫的老者，咀嚼着昔日的光荣。

三

几个月前，我在哈萨克斯坦首都阿斯塔纳讲演时说，亚细亚在东，欧罗巴在西，将这块辽阔的欧亚大草原连接起来的是一条古老的道路。现代人将这条道路称作丝绸之路。它的开拓者是我的一位乡党，叫张骞。张骞之前，世界各文明板块从各自的蛋壳里孵化孕育出各自的文明，彼此交流甚少。后来，人类以马为脚力，逐步开始了跨越洲际的旅程。在长安城一个青色的清晨，一个叫张骞的友好使者踏上了出使之路。

四

丝绸之路是人类历史上，迄今为止最重要的一条道路。它是物流大通道，财富如洪流源源不断，或涌向路东端的长安城，或涌向路西端的罗马城。在以前的世界历史纪年中，世界的东方首都是长安城，世界的西方首都是罗马城。

五

中间途经的这块辽阔地带，地理学家、人类学家叫它欧亚大草原。在这块大草原上，以阿尔泰山脉为中心，活跃着二百多个古游牧民族。（距现在两千年前的那个时间段，文化学者叫它中亚古族大漂移时期，我们中国人所熟知的匈奴、东胡、大月氏、乌孙，及随后出现的鲜卑、乌恒、突厥等等，即是这样的古游牧人。）这些古游牧民族以八十年为一个周期，或涌向世界的东方首都长安，或涌向世界的西方首都罗马，向定居文化、农耕文明、城市文明索要生存空间。

六

文王建沣，武王建镐。这就是历史上有名的西周王朝的沣镐二京。终南山，有七十二峪，一条非常出名的叫沣峪，西安人都知道沣峪口这个地名。周制、周仪、周礼、周乐就是周公旦奉命在沣镐二京建的。据说老子西出函谷关，来这里凭吊沣镐二京，老百姓围上来说，听说您老人家新近完成了一本书，叫《道德经》，您老能不能讲一讲这本书？老子说，好呀！旁边有个小山头，居高声自远，我就站在这山头上讲吧！后人因此把这个原先并不知名的小山头叫作"楼观台"，并尊为道教的祖庭。

七

西安高新区最近开始了一场大布局，将托管长安、鄠邑、周至一部分农村地面，西南边缘直至安康市地界，沣镐遗址也在托管范围。我对书记说，现在高新区三次创业，一定要把文化建设这一课补上。沣镐遗址就是一个抓手。这里可以说是中华农耕文明根基所在，孔老夫子整天喊"克己复礼"，他复的这个"礼"就是周礼呀！我还说，趁考古学界泰斗李老先生还健在，让他写个"沣镐二京旧址"立在那里。老先生一言九鼎，这个遗址的考古成果，就可以确定下来了。

八

一座长安城，半部中国史。关于西安，要说的话实在是太多。我一直有一个大想法，想写一部《大长安地舆志》，将西安方圆百里这些城镇地名、村庄地名、姓氏来源等，逐一踏访，追根溯源，一部鲜活的历史书就出来了。而且这历史书较之碑载文化更为可靠，更为直观。例如，匈奴大夏王赫连勃勃白鹿原称帝。那块地面现在有五个赫连村，三个在蓝田，两个在长安。前一段有位摄影家去那里看过，村庄底下遍布地道，田野上则立有"赫连"字样的墓碑。类似这样的历史钩沉，我现在一口气可以给你讲出上百个来。

九

"客自长安来，还归长安去"是李白的诗句。后边还有几句，例如接下来是"狂风吹我心，西挂咸阳树"。李白这诗，是为一位叫"小韦哥"的朋友回长安城而写的。现在有一种说法是李白的出生在中亚一座古城，名叫碎叶。今年十月我将去那参加一个吉尔吉斯斯坦著名作家艾特玛托夫的国际笔会。那里有一座著名的高山不冻湖，叫伊塞克湖，位于天山北麓，是世界第二大高山湖。张骞的足迹、玄奘的足迹都曾到过那里，那时伊塞克湖还叫热海。

十

我的家乡在西安的郊区，是位于渭河下游的一个小村，名叫高村。我热爱西安这座城市，我更热爱我那平凡的渭河老崖上的小村。几年前的一个清明节，我在村子的乡村公墓中，我故世的亲人们的坟头，曾经立下一块自己的石头。石头上刻着：

这里葬埋着我的高姓人家的祖先。他们世世代代在这里出生，在这里劳作，死后便在这里埋葬。即便是那些怀揣梦想，出去闯世界的人，老来也回归故里，叶落归根。谨立这终南山糙石，纪念他们。并祈保佑高氏一村一族，人丁兴旺，永驻永安。

给远行者和即将远行者

类似我这个年龄段的人，孩子大都已经参加工作。我结婚得迟，五年爬冰卧雪的边防军生活耽搁了孩子出生的时间。因此现在面对编辑小姐这个命题作文，我只能泛泛而谈。好在儿子参加工作，走向社会这件事，也要不了几年，迟早的事。所以这个话题我还是能谈一谈的。

儿子真善良。记得有一年春节时我杀鸡，在我的磨刀霍霍声中，儿子号啕大哭起来。我问他为什么哭，儿子用手指着瑟瑟发抖、蜷作一堆的鸡说，它们真可怜。我告诉他鸡来到这世界上，就是为了等待有一天养肥后，被一刀了之，成为人们的口腹之物的。话虽这样说，为了儿子的这哭声，我还是将最弱小的一只鸡，留了下来，让它多活了半个月，元宵节那天，趁儿子不注意，它终于变成一堆肉。儿子那一年大约是三岁。

世界布满了邪恶，而儿子又出奇的善良，因此，当他一旦成为男子汉，当他就要远行的时候，我想这是我最担心的事情。他能应付这陷阱四布的世界吗？他能承受这巨大的来自四面八方的压力吗？我不得而知！

这几年，因为一场官司的事（有人要和我的一本书中的一个人物对号入座），我对人类是深深地失望了。我看到，人类为了一点点微不足道的蝇头小利，可以凶残到何等地步，堕落到何等地步。诗人殷夫说，我在无数人的心灵中摸索，摸索到的只是一颗颗冷酷的心。小说家米兰·昆德拉说，我毫不怀疑，假如谁提一个倡议，集体举手表决，要把中间的某一个人（比如米兰·昆德拉自己）送上绞刑架，那么，一定是全票通过，而这通过的理由根本不需要寻找。理由只有一个：因为别人举手了，所以我举手！——这叫"集体无意识"。

一个白领女强人最近给我打电话说，世界变坏了，坏的程度令人吃惊。她说，如果真有一场战争的话，那么你们这些臭男人一定是自己先躲起来，然后打发一个"羊脂球"式的女人去堵敌人的枪眼。说这话时她有些哽咽。我不知道这个浑身铠甲的女人遇到了什么事情，但我明白她一定遇到了一件大大伤心的事。

我是这样回答她的。我说，世界变坏了，这很对，不过，世界是在我们出生以前很久就变坏的，因此，我们不必惊诧，也不必为这个变坏去承担什么责任和痛苦。人们之所以觉得过去时代的阳光灿烂，是因为人们健忘，把坏事都忘记了，而把好事一件不剩地搜罗入自己的记忆之中。我还继续危言耸听地说，世界还将继续变坏，这是没有法子的事情，人类直起身子走路，从而腾出两只手，腾出这手来的目的，基本上就是为了干坏事。

散漫无度的谈话就此打住，回到本文的题目上来。

我想，以我的这种对世界悲观的看法来谈论我儿子即将面对的就业问题，那么我的担心和心悸的感觉你是可以想见的。

我希望他选择任何职业，只是不要选择我从事的这个职业。这太苦了，充满了一种苦难感。一个作家需要有阅历，需要怀着一颗基督般的心去穿越苦难和感受苦难，而我希望我的儿子能活得轻松一些，至少不像我们这一代人这么苦。

是的，他可以选择任何职业。可以到深圳去打工，嫁与东风。可以到电视台或者报社谋一个小饭碗，无衣食之虞就行，只是在文字工作中不要更深地进入。他还可以到国外去，我接触过一些文化界的外国人，发现他们在某一个领域是专家，但是在社会学领域和人际关系方面，简直是白痴或幼稚的孩子，这一点颇像我儿子的风格。当然，在选择职业问题上，我的儿子甚至可以去捡破烂，只要他自我感觉良好就行。幸福是一种自我感觉！

但是，他必须是一个高尚的人，一个面对恶势力永远不低头的人，一个绝不媚俗的人，我常常想起鲁迅先生，鲁迅先生说他一生都在和无所不至的庸俗做斗争，以防被庸俗吞没。行至人生半途的我，现在才理解先生这句话那种深刻的孤独感和遗世独立的精神。还有屠格涅夫的一句话，也叫我惊心，这话叫"当想到要在这庸俗中灰暗中打发掉自己的漫长的一生时，我就不寒而栗"。

末了，我给将出窝远行的儿子说这么一句话。这话是说，永远不要在生活面前乱了方寸，有一个忠实的盟友在你的身边，这盟友就是时间。当你遇到两难的问题时，当你偶然地被生活逼到死角时，你要镇静，你把自己交给时间，让时间帮助你完成一切。

下笔千言，离题万里，我的饶舌就此打住。

大男人的心是如何乱的

我写过一篇重要的散文，叫《我如何个死法》。文章罗曼蒂克地为自己设置了许多死亡的方法，文章还以一己的经验，论证了"人是怎么死的"这个命题——人不是突然间猝死的，人是一点一点死的，是一个部件、一个部件死的。论证至此，还以哀悼的口吻，谈到自己口中的牙齿舍我而去时的感觉：它们昨天还好好的，成为我的部分，随我四处走动，接受荣辱，突然说一声走，就没有了，成为垃圾，成为尘埃，成为沙砾，成为异物，这真是一件奇怪的事情。

今天我话匣子打开，我想谈谈《大男人的心是如何乱的》。这里面当然有我的经验，但是更多的是别人的经验，即我的观察所得。这一点必须说明。

如何乱的？这大约和触目所见的舞厅、卡厅有关。偶然的机会，或因公干，或因朋友同学聚会，去一次舞厅卡厅，于是心开始乱了。诗云：人间四月芳菲尽，山寺桃花始盛开。常恨春归无觅处，不如转入此中来。此中自然有此中的乐趣，撩拨人心的音乐和画面，弄姿搔首的三陪小姐，暧昧的气氛，这一切都令步入不惑之年的人突然晕头晕脑、春心荡漾。路走三回熟，慢慢地也就顺了，除了付小费时要咬咬牙以外，其余的时间，都有"不知此身是何身"的感觉。久而久之，于是有首歌说出：早上扎领带，中午喝蓝带，晚上怀里搂着下一代。

其二却由于信息量的蜂拥而至，由于个性时代的到来。过去帝王们的生活，对一个平民来说，是一帘黑幕，如今影视中的古典剧告诉我们，书摊上的帝王演义告诉我们，过去我们视为金科玉律的东西，其实都是他妈骗人的鬼话。拿皇帝来说，一面在神州大地上树数不清的节妇烈女，立数不清的贞节牌坊，一面后宫三千，妃嫔如云，恣意享受人生欢乐。愤怒不平的今日的平民们于是有一种被愚弄的感觉。"上帝死了！"这是尼采的话。这话说到今天，就是"个性代替了领袖"，人人都视自己为自己的帝王。而身为帝王，自然可以不拘小节，不是？！

第三点是一个新奇的观点。这个观点是一位青年学者，我的一位朋友的研究心得。他说，四十岁上下的男人，在中国的封建社会里，正是纳妾的年龄。他还说，时代文明了，一夫一妻制成为今天构成家庭的基础，成为一条法律，但是，遗传基因总是在作怪——这个遗传的基因堆砌起来有两千年之久啊！所以，身处这个年龄段的男人们，遗传基因每每在心中作祟，于是乎在日渐平淡的婚姻面前便会常常生出许多非分之想。

最后一点与一种期待心理有关。期待是贯穿生命始终的一种情绪。每个有思维的人其实都在期待。玛雅人总是眼泪汪汪地望着天空，渴望宇宙飞船突然出现，将他们带回故乡。一个大男人，四十岁的时候是他期待心理最为强烈的年龄，"金黄的落叶堆满我心间，我已经不再是青春少年"，而那接踵而至的晚年正在不可避免地到来，令他不寒而栗，于是他希望有外力改变他。我这时候想起了一个文坛掌故，是关于俄罗斯天才诗人叶赛宁的，上面那两句诗就来自于他。叶赛宁有一天遇到了美国女舞蹈家邓肯，他发疯似的爱上了她，从而抛弃了他的妻子（他的妻子好像是普希金的孙女吧）。这事后来自然成了一场悲剧，热恋之后即是悲剧，谁抛弃了谁，我忘记了，不过接着就是一声枪响，这位天才诗人对着自己的脑袋扣动了扳机。他过早地把自己耗尽了。当然，他的诗才在与邓肯的接触这一段，放射出炫目的彗星般的光芒。得与失，这里不作评价。如此说来，"期待邓肯"，正是一个眼睁睁地看着自己走向平庸的男人的心理。

一页稿纸写完了，就此打住吧。你看，我在之前一篇文章中谈到了死，这一篇文章中又谈到了爱。生与死，爱与仇，这两个文学永恒的主题，我轻轻易易地就用笔去戳透它了。最后说一句，几乎所有的聪明的四十岁的男人，在经历过一阵心慌意乱之后，都会收心，回到结发妻子身边，他们觉得这才是可靠的绿洲。

响 屁 连 连

　　我写过一篇短文，叫《有屁就放》。是说人吃五谷，乃有屁的产生。屁实际上是体内的一种废气或者毒气。人的五脏六腑，长期处在这一种废气或毒气的熏陶之下，焉有不生病的道理。我还说，聪明的人，运动他的肠胃，让这左盘右突，不得而出的一股气，找个地方顺顺当当地出了，于是上下和谐，肠胃平顺；愚蠢的人，拼命地将他的屁股夹紧，生怕这一个响屁，有碍面子，于是气在肚中鼓起，继而压迫颅脑，腑内则在这压迫与熏陶之下，百病发生。这文章是发在一个叫《祝您健康》的杂志上的。这杂志的名字，取得真好。

　　最近，我与秦腔名角乔慷慨先生闲谈，原来在"屁"这个问题上，与我不谋而合者，还有一个人存在，这人就是乔先生。乔是名丑，他在鼻梁凹里，抹一块白，脖子上系一条红领带，站在台下，滔滔如泻，说黑道白，说的名目正叫《说屁》。只开宗明义第一句："从上口出来的叫气，从下口出来的叫屁。"这叫我明白，这是同类了。

　　乔先生表演的这种艺术形式叫"链子嘴"，亦就是今天人们所说的快板或快书，而用陕西话说出，这则叫陕西快书了。我更喜欢的，还是"链子嘴"这个叫法，这是我少年间，听那些老人们这样叫的。舞台上，乔先生一张快嘴，舌吐莲花、滔滔如泻、庄谐并出、无遮无拦。我们这是参加"五二三"期间组织的一次采风慰问活动。艺术和它的被接受者达到的那种忘情的交融状态，令我想起艺术的最初的起源，想起那遥远年代我们的初民抬木头时的那"吭唷吭唷"之声。

我对乔先生说，容我再说几个关于屁的故事，为你这段子添几个细节吧。我说的第一个屁的故事，是我当兵年代的一件事。那是我的悲苦而又寂寞的白房子时候的事。我们有个姓陈的副连长，河南兰考人。这副连长有个习惯，就是放屁，而且他将所有的屁，都攒到饭前这一段时间放。那时，我们已经在饭堂门口列队，开始唱歌，这时，副连长一手拿一个碟子，一手拿一双筷子，趔着身子，从连部出来了。下了台阶之后，他便开始放屁，走一步，敲一下碟子，趔一下屁股，于是便有一个响屁放出。从连部的台阶到饭厅门口，大约有五十米距离，他一步一屁，直要走完这五十米。军人的标准步伐，是每步七十五公分，用五十米去除这七十五公分，除不尽，得数是66.6。这么说，副连长这一番走，要放六十六个屁的。那时，我常常纳闷，这副连长的肚子里，哪能有那么多的屁呢？现在想起来，他该是将一个大屁，有节制地放，于是放成无数个小屁。我还记得，每当副连长一步一屁，趔着屁股行走时，后面往往跟着边防站的医生，这医生也是一个快要转业的活宝，他伸出两个指头，指着天空，用专家的口吻对副连长的屁发表评论说：放屁是一种胃功能良好的表现。

如果一个人不能放屁，那对他的身体来说，将是一件可怕的事情。这是我为乔先生讲的第二个关于屁的故事，在这个故事中，我列举了三件事，其中一件是人的，两件是动物的。1960年困难时期，爷爷的肚子里，由于塞满了许多非粮食的东西，于是，肠胃堵塞，拉不下屎。可怜的他，蹲在墙角里痛苦地呻吟。我那时候还是个孩子，有一双小手，于是我肩负起为爷爷掏屁股的使命。我掏呀掏，掏出了许多发黑发硬发干的东西，掏到最后，突然，掏出长长的大大的一个响屁，响屁过后，稀屎便像一阵猛雨落下，淋了我一头一脸。而爷爷，他长长地出了一口气，活了过来。

上一件是关于人的，这一件则是一只羊的。这羊的主家是我的一个远房堂哥。这老几养了一只羊，不知为什么，这羊的肚皮突然像气球一样膨胀起来。可怜的羊，它不会说话，它只有睁着悲哀的眼睛，向这个世界表示最后的一点留恋之意。我的堂哥突然认为，羊的肚皮所以膨胀起来，是因为肚子里有气，而这气又排泄不出来，于是，死马当作活马医，别出心裁的他，找来一颗大铁钉子，又将这铁钉烧红（烧红的目的是消毒），而后，将这铁钉，向羊的肚子扎去。肚皮扎破了，一股气体从这扎破的地方奔涌而出，羊的肚皮软塌塌地萎缩了。我是有一年回乡间，听堂哥讲这个故事的，我问那只羊后来的情况怎样，他说它竟奇迹般地活了。堂哥说到这里，用手指了指屋檐下，那里正有一只羊在安安静静地吃草。

下一件则是关于一匹马的。那是离开白房子的那一年春天的事。那一年倒春寒，草原上躺满了倒毙的马。我在一片芨芨草滩里，看见一匹马驹，倒在地上。马驹的肚皮胀得像一面鼓一样，这令我想起了掏屁股这个招数。我为它掏了屁股，并且听到了几个响屁，随后，我们几个快要退役的老兵，提着马驹的尾巴，让它站起来，然后搀着它，将它领到边防站那个干草垛上。这马驹最后还是死了，那是我离开部队以后的事情，大约是因为没有人给它再掏屁股的缘故吧！

我给乔先生讲的第三个屁的故事，故事的主角是一位女学生。

这故事是我听我当兵时的班长讲的。班长说，他上中学那会儿，一天上晚自习时，他的女同桌突然放了一个屁。屁显然是酝酿了很久，屁股夹得很紧，在不得不放的情况下放出的，因此它很细很亮，像猫的尖叫声一样。教室里除了放屁者本人以外，所有的人都以为这是猫叫声。"关窗子！关窗子！逮猫！逮猫！"男同学们大声喊叫起来，随后就是"砰砰啪啪"关窗子的声音。正当大家关死窗子，低着头在课桌底下四处找猫的时候，只见他的同桌，"哇"的一声哭了，接着像拉响警报器一样，拖着哭腔跑出了教室。大家这才明白刚才那叫声，是女孩放屁的声音。"她后来转学走了！"班长说。

记得那天，我就给乔先生说了以上三个关于屁的故事。说完以后，我还说，且让我们摒弃偏见，将放屁声当作世界上最美妙的音乐来欣赏吧。我还说，我这话是有根据的，这样我便无意中又讲了第四个关于屁的故事。

那是我的一次开阑尾时的经历。阑尾是巡回医疗队给开的，在简陋的条件下进行。开完阑尾后，医生说，一旦我有屁放出，赶快告诉他们一声，那就说明这个手术成功了。随后，医疗队的小护士便坐在我的床边，像期待着福音降临一样，等待着那一声响声。一天一夜后，随着我的肠胃一阵轰隆，终于有一股气夺路而出，于是医疗队一阵欢腾。那已经是二十多年前的事了。那是我这个平凡的人最受到世界重视的一次，而重视的原因是期待着一个屁的放出。

既然已经扯开，容我再讲一讲屁的事情。农家有一句歇后语，叫作"粪巴牛放屁尽克郎腾"，而我现在，既然关于屁这个问题的话匣子打开，亦就有一种"尽克郎腾"的味道。我最后想说的是，屁与肥胖症有关。我这话应当说是自己的一点体验吧。有一年，我突然开始胖起来，将军肚鼓出，肉皮也像充了气一样一日肥似一日。我还十分能吃，经常是饥肠辘辘、欲壑难填。我思考：自己这是怎么了？后来所谓愚者千虑，必有一得，我明白这是我肚皮里装了气的缘故。气在肚子里不得而出，于是将肠胃撑大，将肚皮撑圆，于是经常感到腹中空空。然而进食过多，又引起消化不良，五谷而生屁，肚子则更鼓了。明白了道理，我于是乎运动肠胃，疏通道路，令屁放出，一月之后，将军肚小了许多，腹中亦不感到饥饿，而体重，竟少了十三斤之多。

一块金牌值多少钱

一块金牌，如果称金子来卖，大约会卖3万人民币。如果放在拍卖会上来拍卖，底价大约会标个15万人民币。但是我在这里讨论的，不是上面那两种价格，我的问题是：中国人要拿一块奥运金牌，需要投资多少钱。或者换言之，这块金牌是多少钱换来的。

国家给体育总局的经费，每年大约10亿之巨吧（这还不包括承办奥运会专项经费，那更是个天文数字）。各省市财政贫富不均，30个省市的体育经费加起来，我们也给它算上10亿吧。每年各种名目、各项体育项目的赞助费加起来，保守地估计我们也给它算上10亿。这样一算，也就是说，每年中国人花在竞技体育上的钱有30个亿。

奥运会每4年举行一次。30亿乘以4就是120亿。如果本届奥运会上，中国队能获得30枚金牌，那么再用120亿除以30，它的得数是4亿。这样结果就出来了，也就是说，中国人要拿一块金牌，得用4亿人民币来换。

你看，竞技体育是富人的游戏。竞技体育的同义词是"烧钱"。

有人不同意我的这种算法，说你这是给辉煌和梦想泼冷水，你看中国人多风光呀，国歌一遍接一遍地在雅典响起，你看我们已经成为体育强国了，从而改变了"东亚病夫"的形象，等等。这些话都对，连我自己有时也不能同意自己的这种思考。但是没有办法，天性使然，当面对辉煌时，我总是看到事物的另一面。

中国的西部还很贫困；中国的"三农"问题还那么突出；中国的失业人口、失学儿童、贫困大学生还在那里嗷嗷待哺，这一把白花花的银子洒向他们，那该是怎么一幅情景呀！此其一。其二，由于所谓的"奥运战略"，近些年来我们将全部的注意力和大部分资金都集中到了竞技体育上了，群众体育活动根本就受不到重视，建国初期那种全民做广播体操的情景已经是很遥远的事情了。120个亿哪，足够给13亿中国人每人买一件像样的运动衫穿穿！

辑五　拒绝平庸

女　歌　手

有一位姑娘在唱歌，唱一首我熟悉曲调、但不知名字的流行歌曲。歌声充满了忧伤，而且有一架忧伤的手风琴在伴奏。听说，这是他们在为春节准备节目。

我不认识这位姑娘，听人说，她的丈夫和别人乱搞上了，从而将她抛弃了；又有一种说法，说是他们夫妻为了逃避计划生育手术，闹了个假离婚，结果弄假成真，丈夫不再提复婚的事了，将她一个人扔在冰冷的房子里。不管怎么说，她很孤独、很可怜，她的充满忧伤的、无望的歌声，就告诉了人们这一点。

她原来是个演员，改行当了工人，据说导演认为她身上没有"戏"。可是，现在，在这春节将临的雾蒙蒙的城市的一角，我却分明感受到了她歌声中那非同寻常的艺术魅力。老实说，我听过许多著名歌手的演唱，还没有给他们下过这样一个定语呢！

看来，孤独、忧伤、生活中的痛苦，可以澄清人们身上一些庸俗的东西，唤起艺术的天性来。那些平平庸庸，一辈子寻找艺术技巧，而终究以平庸而告结束的艺术家们，能否从这里得到一点启示呢？

谈　盗　版

　　我写过一个叫《书商》的稿子，这稿好多报纸都转载了，还有好些人在我面前提起它。其实这稿子，我只是点到为止而已，其间藏匿了许多重要的事情。今天恰好有些余暇，为回报读者的热忱，我就将留在嘴边的这"三分语"，说净了吧。

　　我曾和一个赫赫有名的盗版大王，晤过一面。是他请我吃茶。谈起盗版，他说了一件叫我目瞪口呆的事情，他说某市街头的所有的《中国可以说不》，都是盗版书。见我不信，他说，你去看一看，原版书中，有三处错别字，盗版的书，这三处错别字都改过来了。

　　那时节《中国可以说不》这本书，正铺天盖地，在地摊风行。记得我到地摊上转了一阵，果然像这位说的那样，这样我就只有咂舌的份儿了。

　　这位先生还说，盗版这件事，是可以做到万无一失的，这一个万无一失的前提，就是你心不能太贪，挣到钱，三分之一拿出来疏通和摆平各种关系，三分之一挥霍掉，让钱回到社会上去，那余下的三分之一，才是你的，你可以放心地将它装入自己的腰包。

　　他说，只有那些傻瓜，才把钱全部装进自己的腰包，这样干不了几次，就会栽了。

说到这里他拍拍胸膛说，除了《邓小平文选》他不敢盗以外，什么书他都敢盗。

以上是一种地下操作的盗版方式。

还有一种盗版方式，是半公开的，或曰半合法的，这就是书商和出版社联手进行。

出版社抓一本书抓对了，这本书开始畅销，呈供不应求之势。这时书商找上门来，要买纸型。纸型在当初铅字印刷术时，一部长篇的纸型会有一人多高一摞，现在是电脑排版，则只是手掌大的一块软盘了。双方达成默契，纸型卖给书商，书商拿它出去印刷就行了。

一套纸型可以卖到二十万元。据说前些年一本书畅销，出版社光纸型就卖出去八套。二八一十六，仅此一项，出版社就从这本书上赚了一百六十万。

当然这一切是在秘密状况下进行的，出版社和书商，彼此做到心中有数就行了。这样吃亏的是国家，它少了许多的税收，二是作者，他少了许多的版税。有时我们看到一本书遍地都是，那印数却只在五千册到一万册上不动，原因恐怕就在这里。有时候，读者或作者告发到出版社，说某一本书是盗版书，出版社应承要查，却以不了了之而了之，恐怕这书的病，就害在这里。

有读者问，我的书有没有盗版。回答说：有，只是我睁一个眼闭一个眼，不愿去惹那个韶叨而已。前些年书商们盗《废都》盗疯了，盗《白鹿原》盗得陈忠实四处去查，于是我说，好在我的《最后一个匈奴》还没盗版。我是对一群书商这样说的。我的话还没有说完，书商们瞅着一个年轻人大笑。原来这正是一个盗版者。光西安一处，盗这本书的就有三家。我也笑一笑，了事。那年轻书商，在西安的"六六"空难中业已死去，所以我在这里也就少了忌讳，脱口说出。他是去南方进书去的，"六六"空难中，空中有许多百元大钞飘下来，那里面大约有许多是他的。

我的《六六镇》，大约也有人盗。第一版印了十万册以后，就没有再印，可是三年了，这书天南海北，还在四处卖着，老也卖不完。我睁一个眼闭一个眼，也不去管，有时还自我解嘲道：他们盗，说明这本书写得还可以，在二渠道里走得动。

盗版一事，古今中外都有，见怪不怪而已。近日读劳伦斯的一本书，那书的前言，即是对盗版者的一篇讨伐檄文。记得那年与梁凤仪女士谈话，梁亦谈到台湾盗版书的猖獗，以及她如何与书商们斗智，继而制服他们的故事。梁女士是女强人，有财力做后盾，我辈听了，虽觉解气，但终于无法效仿她。

文坛三掌故

一

皇村中学举行毕业典礼，沙皇，以及沙皇的老师都来参加。演出途中，一个怯生生的、腼腆的中学生走上台去，他朗诵了他生平第一首诗《皇村记忆》。朗诵完以后是热烈的掌声。沙皇的老师杰尔查文走上台去，他拥抱着这个小男孩，热泪盈眶。他说，这就是将来要接替我的那个人。他接着又扬起手臂说：飞翔吧，年轻的鹰，整个天空都是你的！

这个皇村中学的学生就是后来的普希金。俄罗斯文学的奠基者，一个被称为一切开端的开端的人。他直接起孕育了小说家果戈理和诗人莱蒙托夫，间接地孕育了俄罗斯文学的三巨匠屠格涅夫、陀思妥耶夫斯基和列夫·托尔斯泰。俄罗斯文学一夜间从原野上的孱弱小草成长为参天大树。

二

文学青年果戈理接到普希金的一件信函，邀请他来家里做客。双方见面后。普希金说，年轻人，我已经注意你很久了，你发表在《现代人》杂志上的随笔《狄康卡近乡夜话》，还有一些短篇，我都看了。你会成为一个人物的。年轻人，在拥有了这些的才华，这样的文笔，这样的早期训练之后，你是不是应当尝试写一些大的东西了。

果戈理诚惶诚恐，他对眼前的这位文学泰斗说，自己其实一直也有这个想法的。只是苦于找不到这样的大题材。见说，普希金笑了，他说，我这里有一个大题材：一个奴隶主背着口袋，满世界收购死亡了的农奴的灵魂的故事。去写它吧！祝你成功。

这就是俄罗斯文学第一部真正意义上的长篇小说《死魂灵》诞生的起因。

三

一个流浪汉模样的青年，跟跄地闯入托尔斯泰的庄园。他叫阿列克谢，又高又瘦，留着八字胡须，身上穿着水手装，那服饰散发出一种海洋的味道。

年轻的水手坐在列夫·托尔泰斯膝前，向托翁讲述自己的不幸的童年，讲述自己的流浪者生涯，讲述自己走过遥远的路途，终于有一天走到这个殿堂。

托尔斯泰听着青年的讲述，老泪纵横，他不停地用手在胸前划着十字，喃喃地说，上帝啊，你是一只无底的杯子，承受着世人辛酸的眼泪。而当听完这唐突的闯入者的讲述后，托翁建议青年将他的经历写成小说。他说，什么叫文学，这就叫文学呀！在告别时他说，世界对你太不公平了，年轻人，在拥有这些早年的经历之后，你完全有理由成为一个坏人。

这位文学青年后来开始写作。他把他的笔名叫作"苦难"。中国人取音译，将这名字翻译成"高尔基"。而他按照托翁的建议，将他早年的那些经历写成了三本书。这就是《童年》《在人间》

《我的大学》——高尔基自传体三部曲。

　　青年走后，当人们问起托尔斯泰，一个写作者最好的早期训练是什么时，托尔斯泰回答：不幸的童年！在说完这句话后，托翁沉吟半晌，又长叹一声说，我们与其不要作家，也不要这么不幸的童年。

一切的发生都是有可能的

今年的高考作文出得很蹩脚。这是典型的东方思维。这个作文的命意也许是说，一个人应当安于本分，你是只乌鸦你就永远是只乌鸦，如果你去学鹰抓兔子，你反而会被猎人抓去，落个可悲的命运。

一个人应当有梦想。尤其是处在高考这个年龄段的少男少女，更有理由拥有梦想。

普希金的老师对普希金说："飞翔吧，年轻的鹰，只要你愿意，整个世界都是你的。"也许正是因为有了老师这句话，才有了后来俄罗斯文坛的一切开端的开端的普希金。而当老师说这句话时，普希金是什么呢？他还是一个丑小鸭，一个皇村中学的流着鼻涕的中学生而已。

不要因为你是一只乌鸦，你就永远安于乌鸦的命运。这是我想对一切年轻的创造者说的话。

我小时候在农村时，遇到过一件事情。一只老母鸡领着一群小鸡，正在大门口的官道上觅食。这时候平原的上空突然飞来了一只鹰。鹰俯冲下来抓了一只小鸡，然后腾空飞去。这时奇迹出现了。只见那只平时并不怎么飞的麻黄色老母鸡，脖子上的羽毛突然竖起来，两个翅膀扇动，一声警报器一样的长唳，飞起来去追那只鹰，飞了足足有老槐树那么高。老鹰被吓坏了，它大约没有料到会有这种事情发生，于是赶快丢下小鸡逃走了，而老母鸡重重地摔了下来，嘴角流着血，不久它就喘息着死了。

这是一个真实的故事。是我亲眼目睹的鸡大于鹰的整个过程。我想这是母爱的力量。精神力量有时候会是很可怕的。我这大半生来，每当遇到需要去干一件难事的时候，我就想起这只老母鸡。我告诫自己说，世界上没有什么不可能的事情。

敢效仿鹰的乌鸦是勇敢的乌鸦，虽然它失败了，但它仍然是勇敢的，至少它比别的平庸的乌鸦更优秀，因为它曾经想过超越自己。

这就是我为今年高考题试写的作文，反其意而写之，希望读者能够听到这不同的声音。

东西方之间的两大不同

　　按照通常的说法，人类的历史以三百万年计。在这三百万年的绝大多数时间中，东方和西方，其实一直处于隔绝状态中。这位于地球东西两翼的两拨人类群体，都各自在自己的封闭空间里，孕育和发展着各自的文明。

　　东方和西方开始来往，那是因为有了马。人类第一次跃上马背，大约是三千八百年前的事。一种说法是人类在爱琴海地区跃上马背的（英国人类学家汤因比），一种说法是第一个跃上马背的是匈奴人（中国蒙古族学者孟驰北）。不管怎么说，靠马作为脚力，东方和西方开始来往起来。而张骞"凿空"西域，丝绸之路开始热闹起来以后，东方和西方开始才开始大量来往。而后来随着海上丝绸之路的开通，靠了舟船之便，东方和西方才遂渐融为一个世界大家庭。

　　但这已经是很晚很晚的事情呀！较之几乎三百万年的隔绝，人类的沟通史简直可以简短到忽略不计。

　　这是东方和西方的第一个不同。也是东方学不来西方的一个重要原因。因为这文明本身就是在各自的土壤中生长起来的，还因为三百万时间形成的东西、沉淀的东西，也许注定了双方都永远不会改变自己，能够改变的只是皮毛。

下面再说第二个不同。

在世界历史上，曾经存在过三大游牧民族。它们是欧罗巴游牧民族、雅利安游牧民族、阿尔泰语系游牧民族。其中后两个游牧民族，都在漫长的历史岁月中，像潜流河一样消失，茫茫而不知所终。只有欧罗巴游牧民族生存了下来，形成了现在的欧美人种。因此，欧美人种是游牧民族的后裔。

中华民族则是农耕文化的后裔。

尽管在漫长的历史岁月中，中华文明是以农耕文化与游牧文明冲突相互交融从而推动文明发展的产物，但是它的根基和主体是农耕文化。

因此东方文明和西方文明，它从来就是两种东西，两种文化背景下的产物。

明白了上面的两个不同，我们就明白了，为什么我们的文学学西方，老学不来，学出来的也都是一些非驴非马的东西。

说一句调侃的话，真的要能学得像，学得到家，得用三百万年的时间，从老根上学起。

所以我们只能借鉴，只能以我为主体，取其精华，为我所用。

所以我们要弘扬我们的民族文化。这是三百万年前就决定了的事情，我们无力改变它。

对于我们的民族文化，我们千万不要妄自菲薄它。东方文明也许是人类有史以来的各种文明中，最值得赞赏的一种文明。

还是那个汤因比，这个英国人在《人类与大地母亲——一部叙事世界历史》一书中，在历数了人类发展史上各种文明发生、发展、兴盛、盛极而衰的历史以后，他认为经过漫长时间历程考验的，有着极大的包容性的中华文明，也许是全人类的福音，是帮助人类走出（因各种文明的冲突而形成的）目前困境的一条道路。汤因比在书的行将结束处这样说：

"如果中国人真正从中国的历史错误中吸取教训，如果他们成功地从这种错误的循环中解脱出来，那他们就完成了一项伟业。这不仅对于他们自己的国家，而且对于深浅莫测的人类历史长河关键阶段的全人类来说，都是一项伟业！"

江泽民同志在六次文代会、五次作代会上，曾经恳切地希望作家艺术家为中国的西部大开发提供"智力支持"。在党的十六大上，又重复了"智力支持"这句话，希望在建设全面小康社会的工程中，得到作家艺术家的"智力支持"。故此，我将我的一些不成熟的思考，写出来。如果能给我们的社会，提供一条东西方文化以及别的领域两两比较的思路，那就满足了。

最后我还想强调指出的是：一个民族，它的文化消失了，它存在于世界民族之林的理由也就消失了。

2002年11月22日西安

柳青是一笔宝贵的精神财富

　　柳青的文学观，柳青的严谨的创作态度，柳青的创作实践，柳青的挂职创作经历，柳青的文学上所取得的成就，所有这些，都值得我们总结，值得我们这些后之来者虔诚地学习。

　　我曾经有过两次挂职经历，一次是1992年到1995年，在黄陵县挂职县委副书记。这期间，我把零零散散写了长达十年的长篇小说《最后一个匈奴》，利用这一整堆的时间，来完成统稿，这个统稿时间用了一年零三个月。另一次，是2005年的4月27日，至2007年的11月27日，我在西安高新区挂职管委会副主任。记得，告别高新区的那一天，中午开了欢送会，下午我回到家里，提了个纸袋子，里面装着蘸水笔、墨水、纸张、茶杯，来到丰庆公园的一条石凳上，写作《大平原》。写了一年零三个月。

　　我的挂职经历，实际上是在前辈作家蹚出来的道路上行走。20世纪五六十年代，柳青在长安县（今陕西省西安市长安区）挂职县委副书记，写他的《创业史》。李若冰在礼泉县挂职县委副书记，王汶石在岐山县挂职县委副书记，杜鹏程在铁道部门挂职宣传部部长，这些前辈作家，为我们做出了榜样。

　　柳青写作过《种谷记》《铜墙铁壁》《创业史》，尤其是《创业史》，是我国十七年文学创作的长篇小说的巅峰之作。他的严谨的创作态度，他对长篇小说宏大叙事的把握，给我们这一代作家以重要的影响。

他还是一位思想家，他说过许多重要的话。例如，他说过，文学创作以六十年为一个单元。他还说过，人生的道路虽然漫长，但关键的只有那么几步。他还说过，我这是担着担子进城，只有人家碰我，我不敢碰人家，一碰这一篮子家当都没有了。他还说过，忍耐是比激励更强大的精神力量，这是事业对人的一种强制。他还说过，有一天，写不出东西了，收起你的笔，做一个于世无害的好人，也算是对社会的一种贡献。

柳青是一座高山，需要高山仰止才行。在今天这样的文学气氛下，让我们向柳青致敬，向柳青学习。不要做不肖子孙，而要做他的事业的继承者。

口吃者的寓言

　　今年的这个作文题难，而且难得没有道理。这大约是这几年实行高考作文题变革以来，出得最蹩脚的一次。单纯是天才的姊妹。这类思辨题目一定要出得单纯，让学生不假思索，便直奔主题。那么，衡量考生的思辨能力和表达能力，靠什么做评分标准呢？评分标准是：看考生能走多远，能将这口井掏多深，而不是让孩子们去四处找井。下面，我为自己限定半个小时，试着写这篇作文。

　　韩非子是春秋战国时期的韩国公子。韩国大约在今天的河南、山西一带。韩非子是著名的法家，他生来口吃，不善于表达，于是将自己的思想写成文字。这些文字就流传到秦国，被秦始皇看到了，秦始皇大为惊讶，他说，这个韩非子是谁，我如果能见这人一面，此生无憾了。于是秦始皇出兵攻打韩国，韩国无奈，只能交出韩非子了。韩非子和秦始皇之间，大约讨论过很多问题，下面这个《智子疑邻》的寓言，就是讨论的问题之一。

　　有一个人，大约是你，也大约是我，他有一份家当。儿子说，父亲呀，昨天我看见一个不尴不尬的人在咱家门口上探头探脑，该不会是贼吧！你得当心一点。这人听了，摇摇头，不以为然。过了一会儿，邻居过来了。邻居也说，员外呀，刚才我看见一个不尴不尬的人，在你家屋后探头探脑，是不是贼在惦记你家哩！你得当心一点。这人听了，怪邻居多事，摇摇头，依旧不以为然。

俗话说：怕处有鬼哩！这天夜里，果然有梁上君子光临。这户人家被盗贼洗劫一空，只留下一座搬不动的房屋了。这人站在空荡荡的院子里，捶胸顿足、号啕大哭。哭罢，对自己的儿子说："你真聪明，是个先知先觉，知道会有盗贼来的。可惜父亲闭目塞听，没有听你的话，早做防范！"赞美完儿子，眼见得邻居听见院子里的聒噪之声，闻讯赶来，于是这人一把揪住邻居的领口，大骂道："你他妈的长了个乌鸦嘴，你他妈的口臭，你他妈的口里有毒，你硬是把贼给我说来了！你该不会是贼的同谋吧！现在，我和你一样成了穷光蛋了，你该高兴了吧！"

这是韩非子给秦始皇说的故事。如果没有后来一段，前面的充其量只是一个故事而已，因为世界上既然有小偷，他就得偷人，而既然有小偷偷人，就该有人被偷，因此这是最正常不过的事情了。然而因为有了后面那个结尾，于是这个普通的故事变成了一则寓言。

这个寓言所表达的思想，是韩非子一生中最重要的思考之一。这个思想就是：人与人之间的关系构成了这个世界的基础，所有的人（包括讲故事的韩非子、听故事的秦始皇，以及在旁边陪听的李斯）在认识世界和判断事物时，都有"自为心"，都有戴着有色眼镜的偏见。

秦始皇从这个口吃者所讲的《智子疑邻》的寓言中，得到什么启发呢？我们不知道。我们只知道这个千古一帝后来在用人术方面，有了很大改变，他不以亲疏，不以好恶取人，用其一点。比如他用赵国人郑国，修郑国渠，司马迁感慨说：渠卒，八百里秦川成沃野，秦得以富强，遂灭六国。比如他用残暴的白起将军攻打赵国，坑赵卒三十万，尔后又将白将军抛弃。比如他用蒙恬将军横扫六国，又用他来修万里长城，修秦直道，直到这个人把力气用尽。比如他见到儿子扶苏整天和一群穷酸文人厮混，非议朝政，影响他的大业，于是先将扶苏支开，让他到蒙恬帐中监军，接着把三百儒生坑杀。

不过我们确切知道的是，秦始皇旁边站着的这个宰相李斯，却是从这个口吃者的寓言中得到了最大的提醒。他是韩非子的同学，最初，正是他为秦始皇力荐韩的，但是，现在，看到秦皇帝对韩非子如此器重，于是，他明白他得除掉这个人了。于是他在秦始皇面前说那些我们千百年来都耳熟能详的谗言，直说得秦始皇起了疑心，于是将韩非子打入牢房。

韩非子被打入牢房以后，李斯仍寝食不安，于是假传圣旨，逼韩非子在狱中服毒自杀。韩非子这个大傻瓜至死都不明白自己是怎样死的。

韩非子死去多日以后，秦始皇突然一日感到一种帝王式的寂寞。他想请那个口吃的韩国人出来继续讲一讲《智子疑邻》的故事，他对李斯说："那个韩国人，那个旷世奇才，你去把他请来！"李斯答道："韩非子确实是旷世奇才，可惜，这个旷世奇才已经在监狱里服毒自杀了！"秦始皇听了，嗟哦不已。

回到下处以后，李斯自言自语地说："老同学啊，我所以这样做，正是从你的《智子疑邻》这则寓言中得到的启发呀！你说得很对，每个人站的角度不同，他看问题得出的结论就不同。就拿你来说，我得自保呀！即便你是旷世奇才，但在我眼中，你是和我争饭碗的人呀！"

拒 绝 平 庸

  灯下翻儿子的高中语文课本。薄薄的一本书翻遍，里面尽是些平庸的、浅薄的、苍白的、贫乏的东西。大约只有几篇文章可读，一是鲁迅先生那些直面人生的文章，一是几篇古文。我因此而深深地悲哀。在我们之前的中国和世界的文学宝库里，曾经有多少璀璨的东西呀。我们为什么不能挑一些更好的东西给孩子们呢？我因此而蔑视那些高中语文课本的编造者们，他们脆弱的神经不敢承受真理的沉重，他们贫乏的大脑不敢面对创造的犀利，于是乎战战兢兢地选出一些自己的智力所能理解和容忍的东西塞给孩子。他们自己是如此平庸，他们想谋杀孩子们的创造力，让我们的孩子和他们一样平庸。

  我上班下班要从西安的北城门穿过。每次从这狭窄的北城门穿过时，面对这古城的四面城墙，面对这川流不息的如蝼蚁如草芥的人类，我都会想起屠格涅夫的"猪栏的理想"这段思考。屠格涅夫说，人类的最高理想，就是吃饱肚子，而后打着饱嗝，舒舒服服地睡觉。他把这叫作"猪栏的理想"。每一次想起屠格涅夫的话都令我警策。我不敢把西安人煞费苦心地修复好的这四方城叫"猪栏"，我也不敢把这些可爱的城市居民称作"猪"，我只能说我自己是猪，或者说我平庸的打发日子的方式如猪一般。披一回人皮做一回人，为一日三餐忙碌，为蝇头小利忙碌，为满足那可怜的小小虚荣心忙碌。在这忙碌中，你卑微的生命耗到了尽头。

我的姐姐当年上中学时，是全校最漂亮的女孩子。她高傲、真诚，无限美好的前程在等着她。她是毛主席接见百万文化革命大军时，最后一次被接见的红卫兵。家中还有一张她在天安门广场拍摄的照片。照片上的姐姐，齐耳短发，戴着黄军帽，穿着白球鞋，红宝书捧在胸口。背景是天安门城楼和标语"誓死保卫中央文革"字样。日期是1966年11月9日。这以后姐姐参加中学的派性组织宣传队，饰演过白毛女和李铁梅。这以后姐姐插队下乡。这以后姐姐嫁给一个农村复员军人。这以后每一次见到姐姐，都感到越来越陌生。这就是当年那个呼喊"天下者，我们的天下；国家者，我们的国家；社会者，我们的社会。我们不说，谁说？我们不干，谁干？"的姐姐吗？县城的封闭的空间、世俗的气氛，已经将这个当年心高气傲的女子彻底同化了。她成为灰色大众的一员。

星期天我去参加一个婚礼。仪式上来了很多的人，这叫我感觉到世界上人真多。主持人以例行的口吻来赞美这一对新人是"金童玉女"，这叫我很认真地将两位新人瞅了一阵。新娘的确很漂亮，堪称"玉女"。在她的光彩映照下，"金童"就逊色多了。他傻乎乎地笑着，脸上显出一种愚蠢的表情。据说他有固定的工作和好的家庭，这成为他们结为家庭的基础。我很为这女孩子惋惜，这张青春的俏脸，是为大诗人歌德焕发第二次青春期而生的，是为大音乐家贝多芬发出他那雷霆般怒吼而生的；但是这女孩子却宁愿选择平庸，因为平庸的背后是实惠，是衣食无虞的一生。而如果选择风暴，她则会把自己交给未定之数。

年轻时候读鲁迅先生。先生说他一生都在和无所不至的庸俗作斗争，以防被庸俗吞没。那时我不理解这话，现在我是懂了。年轻时候读屠格涅夫，屠氏说一想到漫长的、平庸的一生在等待着他时，他就不寒而栗，行年半百的我现在也有这种不寒而栗的感觉了。年轻时候读海涅，海涅吟唱道："再见了，油滑的男女，我要登到山上去，从高处来俯视你们！"那时候觉得海涅很豪迈，现在则觉得他其实很无奈，无奈之余还有一些悲凉和自欺欺人。

生子当如孙仲谋

1993年6月，我在西安钟楼旁签名售书。记得那次签的是《最后一个匈奴》。期间，来了一对年轻的夫妇。女的是孕妇。大约有七八个月身孕了。他们与其说是手拉着手向我走来，还不如说是那男的拽着体态臃肿的女的。我问：给谁签？名字？年轻夫妇吭哧了半天，最后同时指着孕妇的大肚皮说："给还没有出世的他签吧，说上一句祝福的话！"他们的话叫我感动。我笑着说：肚皮尖尖的，该是个男孩吧！这样，我在书的扉页上写下"生子当如孙仲谋"这句话。写完后我说，孙仲谋就是三国时的孙权，一位大英雄，这词好像是辛弃疾的。那男的听了以后说，巧了，他就恰好姓孙，孩子将来也要姓孙的！

1998年8月，九届书市在西安举办，我在西北体育场签名售书。期间，一对年轻的夫妇，一人一只手，拖着个孩子，来到我面前。"孙仲谋，快叫爷爷！"他俩说。他们的话令我记起了五年前的事情。"他真的叫成了'孙仲谋'！他都这么大了！"我感慨地说。年轻夫妇买了一本书，让我再在扉页上为孩子写句话。记得我那次签的是《愁容骑士》，而我的面部表情大约也像书名一样充满了悲戚之色，但是由于这三口之家的出现，我心情突然好起来。于是我写下："孙仲谋小朋友，因为你和你们，这个世界也变得年轻起来！"云云。

今年三月底，我在西安图书大厦签书。这次售的是《刺客行》。一位女士排队排到跟前，朝我笑。"你是谁？"我回忆着。女士笑着说："我是小孙的老婆，孙仲谋的妈妈。"这样我记起来了，我的心里好像被什么刺痛了一样，突然一阵感动。我想，光为了这些美好的此刻，一个写作者也有理由更好地写作和更好地活着。我问这三口之家为什么今天只她来，女士说，小孙下岗了，开个小饭馆走不开，孩子快要考初中了，请个家教在家里补课。

那天我在《刺客行》的扉页上，充满感情地写下了长长的一段话。我说："亲爱的孙仲谋，即将展现在你面前的漫长一生，会有许多坎儿等着你去跨越。记着爷爷的话，永远不要绝望，即使遇到了走投无路的事，也不要绝望。因为你有一个伟大的同盟者叫'时间'，它始终伴你前行。许多事情，当下看来是了不得的事情，但是放一放、缓一缓、磨一磨、装一装傻，时过境迁，它就会过去的、会解决的。世界充满了热闹，厄运这东西，它见奈何不得你，于是它只好又去找下个目标，凑下一个热闹。须知，即便你不动，但是世界在动着，这等于你也在动着。——这是我活了大半辈子，悟出的最重要的一条人生经验，今天说给你！"

眼下，我正在写一本书。我写作的唯一和全部目的，就是为了献给我们的这些小孙仲谋们。这些读者是生活给予我的最高褒赏。

环肥燕瘦

　　长安自古帝王都。几年前我举家迁往西安，住的地方，是大明宫遗址的西侧，未央宫遗址的南侧。近来每每有人向我索字，我于是乎环顾四周，写下"环肥燕瘦"四字。通常，"环肥燕瘦"之外，旁边还有一个小注。那小注说，"余居家大明宫围墙以西，未央宫围墙以南，中国历史上两大美人赵飞燕杨贵妃，吾之芳邻也"。

　　这叫游戏笔墨，文化人的癫毛病，积习千年，难改！其实那环肥，那燕瘦，早已不知香魂今夜落谁家了。大明宫而今已成一片废墟，满地生长些叫苞谷的农作物。当年这里大约是一块宫殿林立的建筑群吧，而今这些建筑，也都已不知去向，只有一个麟德殿，当年大约是第一正殿，麟德殿那些石础还在，前几年听说日本人要出资修复它，说归说，但是它还摆在那里。宫内还有另一个景致，是一个低洼的水坑，人们说当年叫太液池，是唐明皇和杨贵妃这一对风流宝贝泛舟的地方。那湖心，有一个隆起的土包，想那土包当年该是湖心岛了。月光凄迷、莲叶田田、杨玉环醉卧台榭的情景，一定是美不可言。

　　我想那贵妃研墨，力士脱靴，李太白醉草吓蛮书的情景，也一定发生在这里，说不定就在这麟德殿的某一个石础的旁边。这样想来，面对这一片废墟，便让人有不尽唏嘘之感。"萧条异代不同时"，这是杜甫的话。杜甫那个时候，已经意识到了时间这个可怕的魔术师，意识到了时间像个屏风一样将一代一代的人隔开，让他们犹如隔岸观火，徒生慕意而无法靠近。千余年之后的我，走入麟德殿，正是此种感觉。

大明宫尚有麟德殿的石础，尚有那一片农家涝池般的太液池洼地，未央宫则空空如也，仅是一片空旷的土地而已。唯一不同的，是文物部门绕着想象中的未央宫的围墙，栽了一周松柏，告诉农家三尺之下不准动土。另一个不同的是，别的地方的庄稼，都长得很茂盛，独这松柏圈定的地方，苞谷秆生得稀稀拉拉的，显示出一种生命力的萎缩，那也许是地下是死土的缘故。

关于赵飞燕，在中国历史上，一直是个飘飘忽忽的人物。我孤陋寡闻，只见过描写帝王房中术的书，说这个女人有惑君的本领，还有那些流行的小报，将她说成是一个妖孽式的人物。我想，她的故事大约也并不多，要不，现今那些爱凑热闹的电视剧导演们，早就把她当作可炒的对象了。较之杨玉环，较之西施，较之貂蝉，她该是一个被现代人冷落了的人物了。

"秀色可餐"，这是我们的古人的一句话。这句话巧妙归巧妙矣，但总给人一种猥亵的味道。宛如一个伪善的男人，眼睛红勾勾的，正望着眼前的女人出神，心头一种意淫的欲望。"环肥燕瘦"，古人还这样说。环如何肥，这我们知道。"华清水滑洗凝脂"，让我们能想到那羊脂白一般的杨玉环，水中沐浴的情景（她之所以喜欢沐浴，据说是因为有狐臭——世界上所有的美都是残缺的，这我们可以原谅，并且为尊者讳），至于燕如何瘦，我们却有所不知。她瘦得像如今的芭蕾舞演员那样，胳膊像麻秆，腿像竹竿，头像一只小小的橄榄吗？或者瘦得没有了肚皮，"楚王好细腰，宫中多饿死"吗？这些，史书上没有记载，我们仅能凭借想象向历史的深处窥视。在窥视的时候眼睛红勾勾的。

对于我的这两位芳邻，我想说，环肥是一种美，燕瘦亦是一种美。丰腴的女人，她的走动，她的静卧，身上都会洋溢出一种母性的东西，这种母性有时会使男人迷惑和着迷。我想唐明皇所以"三千宠爱在一身"，痴情于杨玉环，大约与这有关。我这时候想起了弗洛伊德的说法。也许，这个唐明皇，小时候缺少母爱，或者再直接了当地说吧，月子里时欠吃一口奶，于是一个小小的偶然，遂让中国的美学界，进入了以肥胖为美的杨贵妃年代。

燕瘦亦是一种美。记得，在一次黄昏散步的时候，我无意中经过未央宫遗址。我看见晚风中，围墙外有一棵垂柳。那柳有一句话可以概括，这话叫"婀娜多姿"。只见在晚风中，那细长腰身的柳，顶着蓬松的华盖，骚首弄肢，风情万种。记得我在垂杨柳前，站立了很久，吟哦了很久，感慨这世间有大美。除了"婀娜多姿"外，我还送了这树一句话，这话叫"玉树临风"。

将环肥与燕瘦两者中庸起来，那么会产生一种效果。其实这种中庸，我们的古人早就完成了。记得我小时候，父母去上班，将我用一条绳索，拴门槛上。我们家住的是一个山洞，那山洞原来是著名的万佛洞，在延安的清凉山。拴我的地方，仰头向上，恰好地横卧着一个女佛。那女佛用我今天的审美观点看来，肥瘦正好适中，或者说增之一分则显肥，减之一分则显瘦。原来，这万佛洞是南北朝时候开拓的，那时距"燕瘦"已逾五百年，而离"环肥"时代还有五百年。附带说一句，这个万佛洞正是从敦煌石窟，向云冈石窟和龙门石窟过渡的一个跳板，而正是女佛脸上的丰腴程度成为史学家推测这是魏晋南北朝时代产物的一条依据。

环肥与燕瘦，从大处讲，构成了美学之两端，从小处讲，成为我这小小人物的左邻右舍。别来无恙乎，我的两位芳邻。此刻，我在家中，兴之所至，写下以上游戏笔墨。时值公元1997年7月10日，是日西安大热。

改变匈奴历史的两个女人

　　公元1世纪时，汉未央宫美人王昭君，下嫁南匈奴王呼韩邪单于。马蹄嘚嘚，胡笳声声，王昭君顺着刚修成不久的秦直道，穿越陕北高原，跨黄河，嫁到九原郡，即今天的包头市。王昭君先嫁呼韩邪单于，呼死后，再嫁给他的继任者，再嫁给他的继任者的继任者。这就是历史上著名的王昭君三嫁匈奴的故事。

　　这个女人的出现导致了南北匈奴的分裂。南北匈奴成为大汉帝国的附属国，后来，中央政权在山西境内设河东六郡，将这些匈奴人从长城外迁入长城内，这叫"内附"政策。到五胡十六国时代，先是匈奴右贤王曹毅，在今天的陕西黄陵县（当时叫中部县）起事，继而匈奴左贤王刘渊，在山西起事，从而揭开了中国历史的一段最为混乱的乱世。到后来，五胡十六国接近尾声时，留在东方的匈奴人展现了他们的最后一次辉煌。

　　这人叫赫连勃勃，据说是王昭君的直系后裔。他在陕西靖边县境内建统万城，形成割据势力，后来为北魏拓跋焘所灭。拓拔焘在攻陷统万城以后，将城中三万居民赶羊一般赶往北魏的都城大同（当时叫代来城）。次年将郝连的一个儿子杀死于山西天水，又年将赫连的又一个儿子捉于宁夏固原，押回大同，三年后药杀。自此以后，留在中国境内的匈奴人失踪。

2002年高考历史试卷的一道题是，那些消灭了的匈奴人，他们都到哪里去了？官方给这个命题的标准答案是：他们成为今天陕西北部、山西大同、内蒙古河套地区人种的一部分。

南匈奴归顺汉王室以后，割袂断义，北匈奴则开始他们悲壮的迁徙。这大约是人类历史上第一次举国举族的横跨欧亚大陆的大迁徙。是胯下坐骑给了他们这种长途的可能性。按照蒙古族人类艺术学家孟驰北老先生的说法，是匈奴人第一个跨上马背的。在跨上马背之前，人类的长途迁徙是不可能的事情。

北匈奴的首领叫郅支单于，是呼韩邪的哥哥。郅支在迁徙的途中，在今天的伊塞克湖边，被汉王朝北庭都护府（设在今天新疆的吉木萨尔县）的副都尉陈汤尾随所杀。从此，关于这支匈奴人的下落，退出了中国史学家的视野。

然后，他们出现在俄罗斯的史书中，匈牙利的民族史诗里，法国、英国、德国人类学家的记述中，罗马教皇的日记里，以及曾经就近与北匈奴末代大单于谈过话的游走牧师的见闻录里。

这一股汹涌的潮水先是在黑海、里海地区勾连了几百年，四世纪末五世纪初，突然从喀尔巴阡山呼啸着冲入巴尔干半岛，进入匈牙利草原。"赐一位英雄给草原吧！"匈奴人祈祷道。这祈祷起了作用。一位伟大人物出现了，这就是匈奴末代大单于阿提拉。

阿提拉统一了匈奴部落，在这里建立了一个横跨欧亚的匈奴大帝国。这大帝国用了一个东方的名字："大汉国！"然后，阿提拉率领他的草原兄弟，先后占领了今天的德国地域，今天的法国地域，今天的英国地域，灭亡了东罗马首都君士坦丁堡，最后，包围了西罗马的首都罗马。

罗马城眼看要被攻陷。西方基督教世界眼看就要完结，人类史眼看就要重写。罗马皇帝已经化装逃跑了，罗马城此时由大主教圣莱奥主持城务。

莱奥大主教做媒，将罗马的敬诺利亚公主介绍给阿提拉做妻子。罗马城外举行了一场盛大的婚礼。化干戈为玉帛，这样，阿提拉大单于领兵撤退了，重新回到匈牙利草原。

这是公元452年的事。

第二年，也就是公元453年，正值盛年的阿提拉突然死去。这样，这支庞杂的由欧亚大平原上各游牧民族组成的队伍，顷刻土崩瓦解。阿提拉的儿子们，则被卷土重来的罗马人一个一个地杀掉。

东方的王昭君模式在西方重演了一回。

那敬诺利亚公主大约是一位美人。由于没有史料可资凭证，所以我们只能推测。至于这阿提拉大帝的死亡，也是一件可供人赋予多种猜测的事情。

不过有一件事情史书上有所记载，那就是敬诺利亚公主的下落。她回到了日耳曼家乡。她后来生下了一个儿子，这个儿子后来成为恺撒大帝（他很著名，但不是那个最著名的恺撒大帝，同名的恺撒大帝至少有三个）。"恺撒"是希腊语"非正常情况下出生的人"的意思。

这样，欧洲的匈奴人和亚洲的匈奴人（赫连勃勃）几乎在同一个时间完结。一个伟大的游牧民族退出了人类历史的进程。

芦苇在风中的七十四次抖动

一

劳伦斯说，这是一个最好的时代，这同时又是一个最坏的时代。我同意他的话，但是，我还是坚定不移地相信，明天会更美好。我爱这个国家。因为地底下埋着我的列祖列宗，年节期间，我能感到他们正在地底下，咧着瓜嘴大口吼秦腔，而大地之上，我的后人们还要在这里读书做田、春种秋收。

二

一只吃饭的碗，它因捧在贵人的手中而贵，它因捧在乞丐的手中而贱，它因碗里盛着山珍海味而贵，它因碗里盛着剩饭冷馒头而贱。其实这只碗还是这只碗。——聪明的碗懂得这个道理，所以不惊不乍、随遇而安，愚蠢的碗不懂得这个道理，所以时悲时喜、凄凄惶惶！

三

唉，西方永远不了解东方，东方也永远不了解西方。东方和西方，是两个在各自的蛋壳里孕育出来的文明。人类的隔绝史是三百万年，人类的沟通史只有三千八百年。距今三千八百年前，匈奴人第一个跃上了马背，靠马作为脚力，人类才开始有可能进行这跨越洲际的穿越！

四

世界上没有坏人，所谓的坏人，只是偶尔犯错的好人。佛家讲大包容、大慈悲、大关怀，其中也包括包容所谓的坏人。道家讲厚德载物，是说：大地母亲啊，你宽厚而仁爱，承载一切，不因为他是坏人，就设个坑将他埋了。

五

所以历史上，凡有点成就的人，都是些万念俱焚、为帝王所放逐、为时所不容的人，比如屈原、司马迁、陶渊明、李白、杜甫等等。话到当下，许多曾经的艺术家，今天都成了艺术的敌人，成为宵小之辈，成为用东北话说的那种"小样儿"，就是这种文化传统作怪！

六

东方文化传统与西方文化传统迥然不同，东方文化是从老子和孔子开始的，叫"学好文武艺，货与帝王家"，所以，东方文化没有公共知识分子这个概念。西方文化是从苏格拉底开始的，他本人就是一个公知，这种文化传统沿袭至今！

七

我此生有缘，见过仓央加措的护身符。一块金牌，小孩手掌大小，中间是一块祖母绿宝石，一圈刻着六字真言。仓央最后流落到阿拉善，死在一座庙里，僧人们将活佛真身，敷以泥巴，供养在庙里。有一年地震，佛像倒下来，泥巴脱落，护身符被牧民捡到，后来辗转到我的朋友王先生手里！

八

毕加索的画，也是诡辩。齐白石说。画得太像了，是媚俗，画得太不像了，叫欺世。毕加索的立体主义艺术，从积极意义讲，是对描写对象解剖刀式的描述，挖掘本质，从消极意义讲，是冰冷的理性的表达。毕加索有些动恶，我更喜欢凡·高，喜欢中国的吴昌硕、黄宾虹、石鲁，你能从他们的画的背后，感受到一颗怦怦跳动着的心！

九

一回相见一回老。六十一岁以后，才发现最美的季节是秋天。东山魁夷说，人间有大美，原来这秋天就是大美之境呀。枝繁叶茂的，无比喧闹的夏天过去了，树木枝柯疏朗，神清气爽，一切却自有它一番从容和大度。遇见危险的人和危险的事，遇到合适的人和合适的事，有时我会偶露齿一笑，书生留得一分狂，如是而已。

我不做任何否定和评价，只是默默躲开，大智慧来自小说家康拉德。康拉德在小说《吉姆爷》中说，一条大船将要沉没时，老鼠最先离开，老鼠并不知道将要发生什么，但是直觉告诉它，该离开了。

十

帝王有帝王的快乐，百姓有百姓的快乐，很难说哪种快乐更快乐！帝王有帝王的烦恼，百姓有百姓的烦恼，很难说哪种烦恼更烦恼。中国文学的第一件作品，叫《击壤歌》，专家认为，它甚至早于《诗经》，当是尧舜时期的作品，中国文学源头的源头。诗全文如下——日出而作，日入而息，凿井而饮，耕田而食，帝力于我何有哉！

十一

印度大文豪泰戈尔，正在为女儿举办婚礼。这时，门外走来一位喀布尔流浪汉，那流浪汉脸型瘦削，长胡子，头上蒙着头巾，长袍子，肩上搭着褡裢，酷似后世的拉登。流浪汉站在门口，为新人唱了一首祝福的歌，唱完后他流着泪说，我已经离开家乡十六年了，我有个女儿，和你的女儿一样大，如果她活着，也该到结婚的年龄了。泰戈尔听了，流下了眼泪，他把婚礼的费用，拿出一半，给这位流浪的喀布尔人做路费，让他回家与女儿团聚。事后，这位可敬的作家女儿的婚礼虽然简陋了许多，但是全家人的心中都有一种温馨感！

十二

大半生以来我正直地活着，崇高地活着，淡泊地活着，卑微地活着，守着一个文化人的底线和本分。如果让我重新出生一次，我仍然愿意出生在关中农村的那个土炕上，由一位做过童养媳的、卑微的农妇带我出世，如果要让我重新选择一次职业，我仍然会选择一个写作者，活着的时候向这个世界发出响亮的声音，死后这声音仍会在空中回旋一阵子！

十三

孔子六十三岁时，也就是我现在这个年龄，在周游列国，受尽窝囊气之后，回到鲁国，他将牛车当柴烧了，将牛放逐到田野去，决心从此足不出户，开始修书、写书、教书。十年后孔子死，编出"六经"，弟子们则整理出《论语》，从而为后世的中国文化，奠定深厚根基。

十四

我的绘画最初也是我母亲收集的，我母亲不识字，我一直有个想法，说要给她读书，我说人类这么多的好书你一本也没读过，我就从普希金开始给她读，先读到《驿站长》。后来也没有时间，我就说给你画张画贴在床头吧。母亲很高兴的，有时候晚上看一会儿绘画就睡着了。这样我也就抽时间绘画了。

十五

我每写一个小说都把自己关在房子里，抽着烟，冷冷地微笑着，好像在关起门来酝酿一个大阴谋一样。然后把大阴谋完成了，就像放出一颗原子弹一样，让它去震惊世界，去夜半更深地敲击每一户人家的门。我觉得这是最好的心态。写作的时候是一种"活埋"疗法，等于说是把自己活埋了，和世界不接触了。

十六

西安在世界五千多年的历史进程中，有一千多年是世界的中心。这一千多年中，世界西方的首都是罗马，世界东方的首都是长安。西安在历史上就是舍我其谁，是农耕文明建立的最大一座都市、一个大堡子。

十七

我对生我养我，成为我创作源泉的关中平原、陕北高原和新疆草原，在那一刻产生一种深深的感恩戴德的心情。我是一个土生土长的庄稼汉。我见过许多人，他们比我要优秀许多。我的唯一所长是手中有一支笔，而他们没有，于是我把他们要说的话说了。仅此而已。

十八

中国古代的文化人，许多人到了艺术的精深处，人生的老迈之年，都或深或浅地遁入佛门。以我而论，大半生来悟出许多人生道理，后来才发觉，佛家们早就悟得了，而且深上许多、宽上许多、博大上许多，你的那个小脑子里悟出的那些，只是浅尝辄止而已，小巫见大巫而已。

十九

佛家有很多悖论，这"花开花落两皆好，退步原比进步高"即是一例。花开好，花落亦好；进步高，退步更高。一个人修炼到这个境界，就百毒不侵，炼就金刚不坏之身了。

二十

千万不要盲目相信历史学家为我们提供的所谓"历史"。历史是胜利者书写的。关于赫连勃勃，这个完成匈奴民族最后一声绝唱的草原英雄，这个修筑了一座辉煌匈奴都城的五胡十六国之大夏国的君主，有理由被我们记住。我想说的是，每一个民族，在他们历史的发展进程中，所进行的生存斗争，都值得我们后人尊敬。

二十一

我不知道近十年来，我为什么痴迷于这一类题材和这一种思考。我常常觉得自己像一个女巫或者法师一样，从远处的旷野上捡来许多的历史碎片，然后在我的斗室里像拼魔方一样将它们拼出许多样式。我每有心得就大声疾呼，激动不已。那一刻我感到历史在深处笑我。我把我的这种痴迷归结为两个原因。一个是这些年随着我在西域地面上风一样的行走，我取得了历史的信任，它要我肩负起一个使命，即把历史的每一个断章中那惊世骇俗的一面展现给现代人看。另一个原因则是，随着渐入老境，我变成了一个世界主义者，我有一种大人类的情绪。

二十二

简单地活着，这是一种人生境界。能做到这一点，就叫高人了。长着眼睛，但是不看；长着耳朵，但是不听；长着脑袋，但是不想。你看那一棵树站在那里，一块石头卧在那里，一匹马在草原上悠闲地甩着尾巴，它们是多么简单呀！

二十三

绘画和文学是相通的。很多教授看了我画的画后，说我对布局的掌控是一个多年的老画家才能达到的。但这对我来说很自然，一个小画家就像个宇宙一样，充满了规则、和谐。我觉得一切都是自然而然的。

二十四

年轻一代要有雄心大志，要有危机感，要有"从我开始，从现在开始"的思想。另外，写作时一定要大气，要有一种舍我其谁的气魄。大气到什么程度呢？在一张桌子上，把纸铺开，笔拿在手里，这个时候，在那之前的文学史就是一片空白，一切从零开始、从现在开始、从我开始，就是要这样子写作，这样才可能写出一部真正意义的作品。

二十五

我是一个一只脚在体制内，一只脚在体制外的作家。这是我为自己选择的艺术道路。这样做的目的，一是给自己一个站在全人类立场上的写作角度，二是使自己的作品尽量长久一点。

二十六

我有三个精神家园：渭河平原、阿勒泰草原和陕北高原。《白房子》是我献给新疆的作品；《最后一个匈奴》是我献给陕北高原的作品；献给我的故乡渭河平原的作品《大平原》，这基本上是我的家族史，我认为是真实的。当然，由于有些故事听到的年代太久远了，做了一些艺术性的处理。

二十七

耶稣蒙难时，全世界所有的男人都抛弃了他（包括十三门徒），只有一个女人坚信他会复活，这就是妓女抹大拉。她为他守夜。这样，她目睹了耶稣复活的情景。"我主耶稣复活了，圣迹出现了。"抹大拉挥着裹尸布，把这个消息报告给全世界。抹大拉挥舞过的裹尸布，现在珍藏在伦敦博物馆里。

二十八

阳光在这一刻照亮了他的灵魂，或者说是借助阳光的照耀，这位名叫释迦牟尼的行者，在这一刻看清了自己的灵魂。我是一位先知，或者说是先尊，我将创立一个教派，它世俗的名字叫佛教。我将把我的所有悟得告诉众生，我将以佛的名义，拯救众生脱离精神的苦海，结束那万劫不复的宿命，抵达那禅的境界。我将不朽，这个世界凡有人群的地方，都将遍洒菩提光，都将用梵音诵颂着我的名字。

二十九

读仓颉造字所想：人类创造语言，一半是为了表达感情，一半是为了掩饰感情。人类创造文字，一半是为了书写历史，一半是为了歪曲历史。人类创造上帝这个概念，一半是为了守住内心的宁静，一半是为了以上帝的名义做恶。

三十

西安某大学为我建了个高建群文学艺术馆，我把馆前的草坪铲去，辟成菜园。今年唐玄奘大行1350周年纪念那天，我给那里种了几畦蔬菜，并取名半亩园。而今西红柿已拳头大，辣椒、茄子已开花。我写了几句歪诗给它，诗曰："城中我有半亩园，锄头举处可耕田。不为菜蔬不为果，只为乡愁只为看。"

三十一

"永恒的女性，引领人类飞升！"这句话但丁第一次说出，歌德第二次说出，托马斯·哈代第三次说出，老高我今天第四次说出，说给我们平凡的女人们。

三十二

写《大平原》的时候我很自信，更像一个阴谋家，把自己关在房子里，沉静地、专注地，叼着一根烟，带着一些恶意的微笑，制造一颗精神的原子弹。渴望思想深处的鬼魂去敲别人的门，缠绕别人，想把心里面这些苦难倒出来，倒出来了，我心里就安坦了。

三十三

挖野菜，吃榆树皮，吃油渣，最后没有办法了就吃观音土。这是我人生最重要的一堂课，或者说是第一本教科书。这符合托尔斯泰说的话：一个作家最好的早期训练，是不幸的童年。

三十四

我出生在关中平原渭河边一个小村子，很小的时候就经历了贫困、饥饿、死亡。现在的年轻人已经无法理解那段历史了。那时候七岁吧，看身边的人死亡，怎么挣扎着活下去，看中国最基层的老百姓进行着悲壮的生存斗争。当时所有的人生目的，就是活下去。

三十五

我把途经的道路上的每一个人都当作我最亲的兄弟，我把道路上遇到的每一座坟墓无论是拱北无论是敖包无论是玛扎，都当作我祖先的坟墓。

三十六

写《最后一个匈奴》时，我充满了激情，身体里面的陕北故事装了一篓子，写的时候在那里是用晃劲来写的，吃奶的力气都用上了，有时一个字都不写，有时一天要写上万字。写的时候心里没底，但写作态度是那种天马行空、傲视天下的感觉。

三十七

人类发明语言，一半是为了表达感情，一半是为了掩饰感情，两相抵消，语言的功能等于零。

三十八

也许梅艳芳脸上那凄楚的表情，那为梦魇所控制的表情，早就向我们透露了她不久于人世的消息，只是粗心的我们不知道，我们甚至把这看作是一种角色的需要，一种表演的深度。

女人花摇曳在红尘中，女人花随风轻轻摆动。这个女人轰轰烈烈一阵后，鲜艳炫目一阵后，突然撒手长逝了，这个不是表演、不是某一个电影情节，而是真的留下目瞪口呆的观众走了。我们为这位天才演员的离去而惋惜，倘若少了她，我们的路途将寂寞许多。

三十九

也许有一天我老了，不写小说了，也不画画了，就隐姓埋名，就把自己变成一个平常的老头。当你在丰庆公园唱秦腔的地方，看见一个老头，在一条小凳上坐着，专注地听着秦腔间或还能哼两句，那可能就是我。

四十

门罗获诺奖了，没有读过她的作品，不便评论。村上的作品，大部分读过，激情、隽永，有点像我的朋友，中国诗人汪国真。但是村上不是大师，不是人类精神的教父，仅是好小说家而已。日本国曾出过一位像鲁迅那样的大师，叫芥川龙之介，他沉郁、严厉、大格局。那些后之来者们，则总脱不了小样。

四十一

2018年1月31日晚，蓝血月出现的那一刻，我全身颤栗、面色苍白。我突然记起，这一天，这一时辰，正是我的六十四岁生日。公历1954年1月31日傍晚，我出生。

四十二

广东的朋友们都说，高老师，你要想不红，都由不得你了，原因是你叫高建群。国家网信办说了，谁建群谁负责。你看，你成了全国网友的总负责了。

四十三

母亲怀我在黄龙山三岔乡白土窑村。村子中间有一棵大柳树，是神树。母亲说，我所以这么聪明，就是因为她每晚偷偷去喝树上流下的神水的缘故。

四十四

什么是菩提树，其实这事不必太认真。佛家说，丘山适履皆须弥，草树清凉即菩提。这话是说，如果眼前的这座山，适宜于我脚下的鞋子的话，它就是我的须弥山。如果这山上的草木，能带给我一片清凉世界的话，它就是我的菩提树。从这个意义上来说，我们不妨视每一棵平凡的树木都是菩提树。

四十五

鲁迅对瞿秋白说——人生得一知己足矣，斯世当以同怀之。普希金的晚年则更孤独，没有一个朋友，他死后，为他送殡的人挤满莫斯科大街。大家说，热爱你的人还是很多的，只是沟通不便！很遗憾，那时候没有微信！

四十六

周礼已死这句话，最初是老子李耳说的。孔子去拜见老子，老子问，年轻人，你最近在忙什么呢？孔子答，礼崩乐坏，人心不古，我在忙着克己复礼哩！老子说，周礼已死，难道你不知道吗？当年那些立言者，尸骸早已腐烂，即便周公旦活到今天，一定会有一些新想法的！

那么孔子是如何回答的呢？史书上没有说。史书只说，走出大门后，学生问孔子对老子的印象，孔子说，我们凡人是不能和他比的，他是龙，飞龙在天，见首不见尾，我们所能做的，就是仰望他腾起的尘土了！

四十七

《肖申克的救赎》有句经典的台词，我把它再升华一下：每个人经历过的痛苦，有一天，他都会笑着说来，那说出来的东西就叫文学。那带着眼泪的微笑叫喜剧，那微笑着流泪微笑的则叫悲剧。

四十八

《敏豪生奇游记》是一部荒诞不经的作品，但里边也不乏一些有意思的故事。例如，猎人碰见一只鹿迎面走来，他已经没有了子弹，于是从地上拾起一颗樱桃核，装进枪膛，瞄准那鹿的脑门，扳动了扳机。鹿逃走了，几年以后，猎人在碰到这只鹿的时候，发现在鹿的双角之间，长了一颗美丽的樱桃树。猎人并且尝了尝那些樱桃。樱桃很香，有它本身的味道，还有鹿肉的香味。

在我不算漫长的生活中，经历过许多事。我尽量地躲避着，但仍然时不时地受到枪弹的攻击。我把四面八方向我射来的子弹，都当作樱桃核。我在自己体内成年累月、有耐心地培养着它们，直到它们成为一棵棵美丽的樱桃树。

这些樱桃有的苦涩，有的甜蜜，有的平凡，有的奇异，但这些都是我成年累月用心血培养出来的、我的诚实的思想。我把樱桃摘下来，慷慨地献给了人类。这个人类包括那些向我射击的人们，他们也有权利分享我的思想的果实。

四十九

墓志铭：这里安葬着我们高姓人家的祖先之一，他们世世代代在这里出生，在这里劳作，在这里安息。即使那些怀着梦想，在世界走了一遭的人仍然回归这里，入土为安，叶落归根。谨在此立此秦岭糙石以此纪念。并祈列祖列宗佑护东高村的后人们子孙兴旺，永世绵延。高姓后人们共立。

五十

北魏皇族的后人们，现在居住在蓝田的兀家崖，统治中国北方二百多年的草原帝国北魏，最后一位皇帝，是孝武帝元修。元修逃到长安时，被守城大将宇文泰毒死在草堂寺。皇族们于是沿着秦岭山根往东跑。追兵在后边要割人头。这些皇族说，我们自己把自己的头割了吧！于是去掉元字头上那一横，开始姓兀，并建立兀家庄。北魏皇族最初姓拓跋，在拓跋焘的年代改元姓。于此时此地又改兀姓。从一千六百年前一直绵延至今。

在长安县和蓝田县交界的地方，有五个姓赫连的村子，三个在蓝田，两个在长安，这个村子的人告诉我，他们是皇族，是匈奴末代大单于大夏王赫连勃勃的后人。赫连勃勃二下长安城，灞上称帝之后，他的族人就聚集到这里了，也是一千六百多年前绵延至今。

临潼县（今陕西省西安市临潼区）代王镇有个门家村，相传是蔺相如的后人。蔺相如死后，后人们遭官家追杀，扬言要割头剜心，一直追杀到这里。这一族人，于是自己动手，割了头，剜了心，把个"蔺"字变成"门"字。在此建门家村，落地生根。

韩城芝川镇，有同姓一族，有冯姓一族，相传都是史圣司马迁的后人。司马迁之后，族人们怕受到加害，一部分取了"司"字为姓，一部分取了马字为姓，然后司字旁边多按了一道门，表示关门闭户，远避世事纷争，马字旁边多加了两条腿，表示一有不测，就拔脚走人！

五十一

每一个人都有故事，每一块石头都有故事，每一星尘土都有故事。二十年前，我在西安半坡去住过半年，那个母系氏族村旧址上，有个公墓，里面埋了有两百多个六千多年前的半坡人（变通一下也可以说是西安人）。这些人被反绑着双手，身子蜷曲着，面朝西边。有好事者，将这两百多个人的身高测量了一下，取个平均值，得出结论是，那时的西安人的身高，男人平均1米65，女人平均1米55。而他们的相貌复原后，不像现在的西安人，倒更像现在的两广、江浙一带的人。中国的人种，北方人是蒙古人种，南方人是马来人种，那么是不是在后来的日子里，尤其是五胡十六国以后，西安这地方，逐步地游牧民族的成分多了一些呢？关于黄土高原地貌，人们说，是侏罗纪时代，黄土搬家而形成的。其实，这个黄土搬家现在还在继续着。半坡地貌剖面图中，最底下是原始土层，再上面是两米厚的文化层，再上面则是两米厚的浮尘层，这说明，从六千年前到今天，黄土又增加了两米厚的浮尘。

讲故事吧，大家都来把自己的故事讲给别人听。现在最会讲故事的人，不是那些小说家，而是电视专题片导演。他们总能把这个世界上的所有事情，变成一个一个故事讲给你听。本来，讲故事是小说家的专利。小说最初叫传奇，所谓的"姑枉说之，姑枉听之"，所谓的"无奇不传，无传不奇"，现在，小说家已经不太会讲故事了。另外，佛门中人也会讲故事，他们那些或真或假，或虚或幻的传说，总能叫你有所悟得，总能带给你一种大愉悦、大欢喜。

五十二

早上爬起来写了两副春联，一副给儿子门上的，叫"羊羔跪乳大慈大爱，骏马扬蹄载金载银"，横批叫"寻常百姓"。羊羔跪乳是个成语，羊羔吃奶时先双膝跪地，以谢养育之恩，这里我有期待一个新生命即将诞生之意。载金载银这话有些俗，不过我本一俗人也！写给我门上的春联叫"于斯一席之地可家可国可天下，虽然寻常人物能文能武能鬼神"，横批是"茅庐高卧"。这对联是云贵川渝地面，一种叫傩堂戏的古戏台上的对联，而"茅庐高卧"，是郑板桥评价诸葛亮的话。那诗叫《道情》，说：孔明枉做那英雄汉，早知道茅庐高卧，省多少六出祁山。

五十三

记得《平凡的世界》那时还不叫这名字，它分为三部，第一部叫《黄土》，第二部叫《黑金》，第三部叫《大时代》，总的书名叫《走向大时代》。据说是中青社的著名编辑家王维玲给改的，这真是一个从容、大气的好书名。

五十四

羊年到了，让我们迎接它。羊年是好年，中国的老百姓有"羊马年广收田"的说法。刚才我接到通知说，我的长篇小说《统万城》获得了国家新闻出版广电总局优秀图书奖，我对该书的责任编辑韩霁虹女士说，我不该获这个奖，因为最近为写一本书的缘故，我又系统地阅读了我们的老古董，《诗经三百首》、司马迁的《史记》、唐玄奘的《大唐西域记》，从而对文学又有了些新的认识，它们才是高山，《统万城》只是小丘，它们才是大厦，《统万城》只是包厢，应该把最高的褒奖给它们。

我正在写作的这本书叫《我的菩提树》，要写一百零八章，取佛祖脖子上挂的一百零八颗念珠之意，现在已经写到五十五章了，想在羊年期间完成它。另外根据我的早年一个中篇改编的三十集电视剧连续剧，央视八频道正在拍摄，佑护我吧！希望能够拍好，拍成一个类似《冰山上的来客》那样的西部经典。

我多次说过，我是陕西这块土地上成长起来的一颗自然而然的庄稼，这块土地给我风给我雨，给我吃给我喝，我只有当牛做马才能报答土地的恩德。

五十五

从20世纪下半叶至今，对世界华人圈影响最大的作家是金庸，影响最广泛的作品是金庸的武侠小说。这是事实，你只能承认。

金庸先生所写的那些武侠人物，并不仅仅只是武侠人物，就像古代画家所画的梅兰竹菊，并不仅仅只是梅兰竹菊一样。小说家所追求的是一种高古情怀、伊甸园式憧憬、英雄美人崇拜、十年一觉扬州梦之类的东西。前者只是其表，后者才是其里。

五十六

不要公文语言那种可憎面孔，不要正史编年史那种拿腔捏调，纯粹是民间视角。公知写作，不求完整和系统，不要深度解释，只是纪录，宛如明清笔记小说。英国大诗人拜伦说，纪念碑倾圮了，花岗岩腐烂了，流传他的英名要靠农夫悲凉的小调。——一个文化人，行年六十以后，想为这座故乡的城做这么一件事情。

五十七

我想编撰一套《古长安地域志》，这几年在西安周遭行走，接触到许多的散落在大地上的历史，我想掘地三尺，把它们挖出。例如唐玄奘死时（铜川玉华宫），例如李世民死时（在终南山翠微寺），例如吴宓先生坟及安吴寡妇传奇（泾阳），例如金兀术墓及完颜后人（甘肃泾川），等等等等。让高建群文学馆来做这事。

五十八

教堂里的钟声响了，世界上有二百九十八个人从飞机上掉下来，死去了。不要问丧钟为谁而鸣，它在为亡者而鸣的同时也是为你我而鸣。因为亡者是人类的一部分，他们的损失是人类总体利益的损失。

五十九

鸠摩罗什大师七岁的时候，到寺庙里玩耍，有一口很大的钟，他一下子就举起来了。放下之后想："我才七岁，怎么会有这么大的力气？"再举的时候，就举不动了。

六十

《道德经》里有一句话，大家都没太注意，这句话叫"不敢为天下先"。一个人懂得敢为天下先，更要懂得不敢为天下先。这才是厉害角色。

六十一

今天下午，我到西影厂所设的灵堂去悼念吴天明老师，又想起鲁迅先生去世时，郁达夫写在灵堂上的挽幛：一个没有天才出现的民族，是愚昧的生物之群；一个有了天才出现而不知道爱惜的民族，是不可救药的奴隶之邦。

六十二

一个家族用了几代，甚至是几十代的等待和期待，然后等来，一位天才人物的降生。他不同于你我、不同于芸芸众生，他是个异类。大家都为之惊骇，要把他修理成一个和你我一样的人。这样做好吗？

六十三

记得将近三十年前，我的朋友路遥，当他的《人生》变成电影的时候，他对我说，一个作家的一生能被全社会广泛的关注片刻，那就是幸运的事情了，老高我现在就是这种感觉。

六十四

《统万城》在凤凰网连载，我一点不知道。可能是网络和出版社联系的。不过我完全同意。我一直认为一个写作者，他的作品能够得到广泛传播，这是第一重要。台湾出版我的七部长篇小说，他们要给我开稿费，我说书出得这么好，令我感到文学殿堂的庄严，我要的稿费是零稿费。

六十五

苏东坡与佛印和尚是好朋友。一日，苏东坡出外游玩，见佛印迎面走来。东坡打趣道："迎面走来的莫非是狗吗？"谁知佛印听了非但不恼，反而哈哈大笑道："迎面过来者，莫非是一尊佛吗？"东坡觉得自己占了便宜颇为得意，回到家中，将这事告诉小妹。

谁知小妹听了叫道：哥哥你被人骂了还不知道。东坡不解。小妹说：你长了个狗眼，所以将人看成了狗，佛印长了个佛眼，所以看天下万物皆为佛。

六十六

我感到鸠摩罗什站在一千六百年前的彼岸，他说，我等了一千六百年，终于等到了一个能写我的人。他说，你去完成这次苦行吧，你将因为我而不朽。

或问和尚，从何处来？和尚答曰：从来处来！或问和尚，到何处去？和尚答曰：到去处去！

六十七

普希金在看了果戈理的作品后说：你要写伟大的东西，你不应该再用这些小玩意浪费你的才华了，我给你一个题材叫《死魂灵》你拿去写一写吧。我在写每一部作品时，就会想起这句话，我不能让自己轻飘飘起来，我一定要写厚重的作品。像一条河流在流淌，我要写潜伏在下面的东西，不能写漂在河流上面的那一层泡沫，要写土地面临大变革的摇摆不定，被都市化进程抹掉的那种悲壮情景，就不可能不面对这些。有些年轻作家躲在象牙塔写一些小情调的东西，那也是一种作品，但是我不应该那样。年龄不允许我再玩一些虚的东西了，我要写出厚重的作品，我必须这样要求自己。

所有的中国人都是农民，只是有些人脱离土地的时间长一些，有些短一些，有些还在家园做最后的守望。所以要描写中国，要写一本真正具有中国风格的书，了解这块土地上人们悲壮的生存斗争，就必须沉下去写这块土地，写农民，写他们受的苦，写农民式的思考、农民式的狡猾。

六十八

少华山祖师问众弟子，如何得见我佛？众弟子皆不能答。唯独安康籍弟子怀让答曰：花开见佛。祖师大喜悦，遂传衣钵给怀让。怀让后来修成正果，世称七祖。

六十九

你虽然物质富有，但是你的心灵贫乏得像一片荒漠，缺少强大呀。你即便这样走了，也会走得很痛苦。佛家说，或问高僧从何处来，或问高僧到何处去，高僧答曰到去处去。你现在是到去处去呀，多么幸福的一件事情呀！

一个将死之人，还在那里喋喋不休地谈论你的一根柱子值多少钱，你的餐桌值多少钱。一代高僧玄奘圆寂时，他说，我早就厌恶我这有毒的身子了，我在这个世界上该做的事情也已经做完了，该是告别的时候了。说完，他将身边几件衣物，送给徒儿，尔后圆寂于铜川玉华宫肃成院。走时六十四岁。

将老高这段话给那位忧伤的女士。有这段话开示，她的病会好转，或者起码可以多活几年，或者走的时候少些痛苦。她说的那种病因素，存在于每一个人身上。你需要做的是，尊重它，而不是试图激怒它，杀死它。和平共处，相安无事，以终寿年。

七十

中国人说，人有五官，眼耳鼻舌身，眼睛、耳朵、鼻子、舌头、身体。佛家说，错，人有六官，那第六官是意念，眼耳鼻舌身意，而意念通向暗物质。

七十一

暗物质这个物质，其实人类在初民时期就感悟到了，只是不知道应该怎么称呼它，并且充满了惧怕。半坡原始部落的祭祀广场（6000年前），石峁黄帝部落遗祀的祭祀广场，就是人类试图与上苍通灵的场所。而原始部落每个都有图腾，山水崇拜，花鸟虫鱼崇拜，亦是此理。后来到老子，到孔子，到庄子，到鬼谷子，到袁天罡，到李淳风，到刘基刘伯温，其实都是看到或感到这种暗物质的人，或者换言之是天眼开了的人，只是他们不知道该怎么表达。感谢现代科技，它以物理的形式为我们揭示了暗物质的存在。

七十二

中国人说四面八方，佛家说，错，还有上方和下方。所以叫十方世界。所以，阿育王石柱上的狮子，长着四个面孔，警惕地注视着十方世界。1950年印度人重新立国时，根据玄奘《大唐西域记》中的记载，找到了那个石柱，将那个狮面像，作为印度的国徽。

七十三

雪落在此处，而不落在彼处，一定有它的深意所在，只是我们人类不知道罢了。终南山祥峪口古观音禅寺那棵寿龄一千四百年的银杏树，说它是帝王李世民所栽，可，说它是风吹来的种子，鸟衔来的种子，石头缝里长出来的根芽，亦可。而且后者也许更见其高贵。呜呼，假如种子不死，来年万斛归仓。

七十四

陕北高原子午岭南侧，古秦直道旁，有一座魏晋风格的石窟，名曰石渣河千佛洞。中央美院资深教授靳之林先生认为，这是佛教自西而来，经敦煌石窟，然后抵达云冈石窟和龙门石窟的一个重要跳板。石渣河千佛洞洞口有一个神龛，这神龛里供奉着一位肉身泥敷的女佛。

传说这石窟修建时，工程浩大，旷日持久，应募的工匠们纷纷逃亡。此时长安城中有一位名妓，忽然有一日厌倦了这虚假的都市浮华，一身素衣来到这石渣河工地。白日里做饭洗衣，夜来安慰寂寞的工匠。

石渣河千佛洞历三百年乃成，窟成之日即是这位长安客断气之时。工匠们感其恩泽，将这美妇人之真身竖在洞口，并以泥巴敷其全身，塑成真身女菩萨像，我在二十多年前曾去过石渣河千佛洞拜谒，见那真身女菩萨像尚在。塑像上泥巴挣裂处隐隐露出白骨。那白骨虽历经一千五百年的岁月，至今仍然香魂不散，摄人魂魄。

写在一条伟大道路的开头

丝绸之路是人类历史上，迄今为止最重要的一条道路。

在丝绸之路开通之前，世界各文明板块间，是彼此孤立的，是在各自的蛋壳里孕育出的文明。丝绸之路开通了，靠马作为脚力，人类才有了完成这跨越洲的穿越的可能。

穿越的结果是，各板块之间被打碎了，被串通起来了。世界开始沟通，开始交流，各文明板块之间开始融合互补，世界开始成为一个整体。

丝绸之路的起点在过去的长安，今天的西安，"凿空"西域第一人是大汉王朝的臣子，陕西人张骞。

关于丝绸之路对人类文明进程的影响以及贡献，怎样高的评价都不算过分，对于"凿空"西域第一人张骞的功绩，亦怎样高的评价都不算过分。

它促使了人类之间的沟通，东西方之间的沟通；而在此之前，人类是鸡犬之声相闻，老死不相往来的。

它打破了各文明板块之间的封闭状态，让各文明板块之间开始融合互补，让人类的各文明成果惠及全世界。

它还是一条宗教传播之路。世界三大宗教在中亚融合。而尤其重要的是，原产于天竺国（今印度）的佛教，翻越葱岭，沿这条伟大道路进入中国。汉传佛教在东方大地的落地生根，为儒释道三教合流的中国封建时代国家准宗教的确立奠定了可能性。

它是一条财富之路。贩夫走卒披星戴月地穿梭在这条横贯亚欧非的黄金通道上，为这条道路的两端，世界的东方首都长安，世界的西方首都罗马，都带来了巨大的财富。

中国历史上两个最为强盛的、建都长安的王朝——大汉和大唐，它们的强盛都与这条道路所带来的巨大的财富有关。

它被称为丝绸之路、茶叶之路、陶瓷之路。

英文名称中"China"就是"陶瓷"的意思，仅此一点，你就知道，这条道路对世界的昨天的影响是何等巨大了。

丝绸之路东方段（长安城至天山山麓）的申遗成功，它的被联合国教科文组织确定为世界文化遗产的一部分，这是一件大好事。今天的人们，终于找到一个机会，一个由头，向历史致敬，向辉煌的人类昨日致敬，向一条伟大道路致敬！

致敬的目的之一是为了重新激活它，重塑昔日的光荣与梦想。

受益者将会是丝路沿线的所有国家和地区，将会是全世界。多么好，人类终于又找回了，延续数千年的这个陆路文明的中轴线。

2014年7月29日于西安

《西地平线》写作经过
——为《语文学习》杂志而作

2001年初冬，北京开全国第七次文代会，《散文》月刊的主编刘雁女士，找到我，要我为他们的刊物写点文字。我说写我一定写，但是有个条件，那就是你们一定要以稿取人，该登则登，不该则不登，千万不要因为是朋友的稿子，就手下有私。我说，如果那样，对别的写作者是不公平的，我也会于心不安的。

刘雁答应了。这样，回到西安以后，我白天上班，晚上写作。连续写了三个晚上，写了三篇西部大写意风格的散文。一篇即收入高中语文课本的这篇《西地平线》（它发表时叫《西地平线上的落日景象》）。另两篇是《阿拉干的胡杨》和《额尔齐斯河流域的坟墓》。我是把八开稿纸翻过来，在背面写的，密密麻麻的蝇头小字，一行行地写下去。

写完后我往信封里一装，送到邮局，就把这事忘了。2002年的时候，在《散文》月刊的四期、五期、六期上，这三篇拙作连续领了三个头条。一时国内散文界似乎有些哗然。

我的主要工作当然是写小说。因为我是以小说家在中国文坛立身的。但是后来，我又为《散文》月刊写了《成吉思汗的上帝之鞭》。结果该篇被中国散文学会评为2004年度中国散文十佳。

上面说的是《西地平线》写作的起因，下面我谈谈材料的来源。

1998年的时候，央视要拍一个大型专题片，叫《中国大西北》（后来才知道这是为一年后的西部大开发舆论先行）。摄制组请了周涛、毕淑敏和我，做总撰稿。这样我们就跟着摄制组，在大西北广袤的地面上，跑了整整一年。用我的话说，这是瞎子跟上驴跑哩！

《西地平线》上描写的陇东高原上的落日，和罗布淖尔荒原上的落日，就是这次行旅中我所见到的。

那两次落日都带给我大惊讶和大喜悦。吝啬的大自然并不是总把这些雄伟的风景展现给人的。但是那两次它慷慨地展现给了我。它知道我能领悟它的大美。我私心里明白，它实际上在展现给我的同时，是叫我把这大美告诉给世界，尤其是告诉那些脚步迟缓迄今还未涉足西部的人们。

陇东高原，路两旁那沧桑斑驳的老树叫左公柳。左宗棠带着他的三千湘军子弟，从陕西凤翔的东湖出发，一边栽柳，一边望乡，就这样走了八个月，才走到新疆。他先是平息了南疆准噶尔部叛乱，接着又来到北疆，在伊犁与沙俄签署了著名的《伊犁条约》。

这个城下之盟阻挡了沙俄东进的马蹄。中国的西北边陲至此算是有了一段安定时期。如果没有左宗棠的"抬棺入疆"，中国现今的西部边界大约会是在敦煌一带的。

啥叫"抬棺入疆"呢？原来左宗棠出发前，让人做了一口棺材。一路上，他就抬着这棺材行走，以此表明他誓与外国侵略者同仇敌忾、拼死一搏的决心。

这棺木也许就在这棵陇东高原路旁的左公柳下停过，而左大人大约也像那一次的我一样，他有幸与那轮停驻在垭口上的辉煌落日，四目相对。

很遗憾我在写《西地平线》的时候，没有能把上面这些写进去。在那儿我只是蜻蜓点水，提到左公柳而已。现在，我希望同学们在读课文的同时，能参考我上面这段话，以便理解作者当时那种悲壮情怀。

同样地，对罗布淖尔荒原上的那一次落日的描写，也只是挂一漏万的粗线条勾勒。现在想起来，我觉得这情形，正应了海明威的那个冰山理论，美国作家海明威说，冰山浮游在海面上的时候，露出的只是七分之一，写作也是这样。

罗布淖尔，其实也就是罗布泊。"淖尔"是蒙语"海子""湖泊"的意思。一提罗布泊，上海人都知道，因为这是上海人的伤心之地，上海一位科学家叫彭加木，一位探险家叫余纯顺，就是在那里走失的。前者现在活不见人，死不见尸，后者则被地质队员找到，但是已经在沙漠中成为一具干尸。罗布泊古湖盆的面积，相当于一个江苏省的面积。这些还不算四周的那些沙漠、碱滩、库鲁克塔格山，以及茫茫荒原。

为了区别古湖盆和四周的戈壁荒原，我在文章中将古湖盆地区叫作罗布泊，而将四周地区叫作罗布淖尔荒原（同行的地质学家老陈——他是江苏人，南京地质学校毕业——则把它叫罗南戈壁）。

那次我在罗布泊一座雅丹下面待了十三天，充分感受了这死亡之海的沉寂与恐怖。那雅丹，法显和尚、玄奘和尚西天取经时，都路过过那里。瑞典探险家斯文·赫定，结束他的最后一次罗布泊探险时，也是在那雅丹下做最后的告别的。

我为我的这次罗布泊之行曾写过一本书，叫《罗布泊档案》。

远方充满了未知，充满了凶险，我们就是这样穿过罗布淖尔荒原，进入古湖盆的。这里的地表像月球表面一样，我们感到自己像在地狱里穿行。

这时候，一轮红日突然停驻在西地平线上。你能想象那一刻，它带给我们的那种震撼、那种感动、那种母性的温情。更何况，此刻，地质队司机老任，正在他的车里放着李娜那撕心裂肺的歌声《青藏高原》。

下面再谈谈第三次日落，即阿勒泰草原的那一次落日景象。

阿勒泰在中国的西北角。中国地图像个雄鸡，这就是鸡屁股那个地方。鸡屁股的顶尖是阿尔泰山第一高峰，叫奎屯山，或叫四国交界处，或叫友谊峰（中俄蒙哈四国交界）。友谊峰底下就是著名的风景区喀纳斯湖。与阿尔泰山并行的有一条河叫额尔齐斯河，该河注入北冰洋。20世纪70年代初，我在河边中苏交界的一个边防站里，当过五年兵。

我守的那一段边界就是左宗棠当年与沙俄签下的那条边界线。军事上叫它1883线，或叫条约线，或叫双方实际控制线。

兵团农十师文联主席叫杜元铎（安徽人，支边青年），2001年的时候，他邀请《遥远的白房子》的作者，重返白房子，这样我在阔别二十多年后，得以重返边疆。

曾经有五年的时间，我站在白房子边防站的瞭望台上，看着苍茫的落日，沉入西地平线去。如今，这次重返中，那无限辉煌无限瑰丽的中亚细亚落日景象，突然又不期而至。

世界在那一刻成了斑斓的红色。天空、戈壁滩、阿尔泰山、兵团的农舍、湖里的芦苇、地上奔跑的狗，这一刻都被染成了红的，一切都宛若梦境。

这时候一只雄鹰——阿尔泰山的雄鹰，在我们的头顶尖啸着，平稳地飞行，像一片云。毫无例外，它也是红色的。哦，那红色的云。

"你看那苍鹰又在天边遨游，它莫非生在战乱的时候！你看那片片的流云在疾走，它莫非在呼唤着已去风暴的怒吼！"这一刻，望着天空，我热泪盈眶。

据说，成吉思汗当年就是在额尔齐斯河旁边一个叫平顶山的地方，召开誓师大会，尔后，兵分两路，一路翻越阿尔泰山冰大坂，一路打通天山伊犁峡谷，从而进入欧亚大平原，西征花剌子模，从而揭开他建立欧亚大帝国的序幕的。

记得当时，我感动地望着西地平线，望着那斑驳的一片红色。我在此情此景中，想起成吉思汗，似乎成了一件自然而然的事情。

这不仅仅是一个游客的观感，这里面还有一个大兵的感情在内，还有对自己青春与激情岁月的怀恋。一个人以自己的眼珠子盯一个地方，死盯住五年，他会产生许多哲思许多想象的。

亲爱的同学，这就是我写作《西地平线》的经过，以及我写作时的思维活动，再者还有建造这间文学小屋时那些没有动用的一些原材料。我今天口无遮拦，报告给你们，如果能对你们的理解这篇小文有所帮助，我就满足了。

希望你们多走路。父母给了我们两只脚，为的就是用它来独步天下。最好的老师是大自然，它会教给你智慧，教给你法则，教给你课堂上学不到的许多东西。在旅行中，你会突然升华，会突然领悟，会突然崇高，连你自己都没有觉得，你就得到大改变了。

台湾旅美大诗人纪弦说：“在地球上散上，独自踽踽地，我扬起了我的黑手杖，并把它沉重地点在/坚而冷了的地壳上，让那边栖息着的人们/可以听见一声微响，故而感知了我的存在。”纪弦老这首自我扩张的诗，总叫我产生一种想立刻就远行的冲动。

2006年12月20日夜于西安

悼念红柯

　　我第一次见红柯，大约是1996年夏，陕西省作协开会，青年作家秦巴子领了一位年轻人来见我。他说他叫红柯，从新疆刚回来，艺术追求上和我接近，希望结识我。后来，红柯又发表了许多作品，逐渐显露出大气象。我以欣赏的目光从远处注视他。他的那些描写新疆的作品，总能打开我许多尘封的记忆，带来许多惆怅。

　　"悲歌可以当泣，远望可以当归。"这是汉乐府《悲歌》里的话。我和红柯，都在新疆生活过，对那块中亚细亚辽阔大陆，都怀着眷恋和敬畏，2012年10月，曾结伴回过，他去他的奎屯技工学校，我则回我的阿勒泰的白房子。

　　记得一路上，坐在面包车里，他喋喋不休，永远的话题是在谈论新疆。红柯对新疆的熟悉程度，叫我吃惊。关于河流，关于山岗，关于戈壁滩，关于各种树木，关于杨增新、马仲英、盛世才，这些旧时人物，他张口就来，一路上不断地讲着许多的事情。当年在新疆期间，他是在地方工作，这样似乎更接地气一些，跑的地方更多一些。加之他又看过许多关于新疆的史料，所以谈起新疆来如数家珍。

　　好像2001年的时候，我们还一起回过一次新疆，兵团文联在奎屯召开创作会议，要我去讲课。农七师文联主席韩天航、农十师文联主席杜元铎请我们去。记得一下火车，先喝了一顿酒，后来在北疆大地走了一圈。

在2017年丝绸之路大学生艺术节闭幕式上，我说，法国作家大仲马说，历史是一颗钉子，在上面挂我的小说。我说，往西走，丝路上稍一挖掘，就布满了这种有历史记忆和文化记忆的闪闪发光的钉子。西部是一个富矿，正等待着那些有大格局、大理想的艺术家去挖掘。

对中国西部辽阔大地的激情书写，深度挖掘，有宁夏作家张贤亮，青海诗人昌耀，新疆诗人周涛，西藏散文家马丽华，包括陕西的我。我们这些人，有的走了，有的老了。我一直对人说，好在有一位年轻作家正在成长，他叫红柯。红柯小我九岁，正是骑手策马扬鞭时。

今年春节前在省作协开会，还见到红柯，他坐在我旁边。我见他精神状态还好。他是那种典型意义上的小说家，时刻都处于一种激情状态。

2018年2月24日。我接到电话，说红柯凌晨3点，心梗去世，我十分震惊。他还如此年轻，还有多少事情等着他去做！

下午我和太白文艺出版社总编韩霁虹一起，去红柯家中吊唁。记得不久前还有人问我，你的浪漫主义创作风格，有没有衣钵传人。我说有的，有个红柯，他的经历和我很相似，创作风格也很接近。我十分喜欢这位作家。他有未来。他是个纯正的小说家，照这个势头走下来，他应当有很大的前景。可惜他走了。呜呼哀哉。

红柯走了，骑手远去，我此刻感到空虚。诚实地讲来，对这块地域的挖掘，当代文学还处在一个浅表层次上。我们期待新的拓荒者的出现。

老百姓说，借别人的坟头，哭自己的凄惶。借红柯之死，我长歌当哭，既是哭亡人，亦是哭文学，稍带地也哭两声自己。

2018年2月24日于西安

悼 金 庸

惊悉金庸老先生大行，十分震惊和痛楚。陕西卫视丝路万里行，我目下正在巴黎去伦敦车程中。谨诚挚哀悼。

金庸先生的文学成就，在世界华人读者圈的巨大影响，很难有人能够望其项背。我曾说过，他有理由蔑视活着的任何一个中国作家，包括我。

大约二十年前，金庸来陕，华山论剑、碑林谈艺。在碑林博物馆对话时，金庸说，我一直想请教高先生，匈奴这个强悍的、影响世界进程的游牧民族怎么说声没有了，就从历史进程中消失了。

于是我谈了南匈奴末代大单于赫连勃勃，建统万城的故事，北匈奴阿提拉大帝，叱咤欧罗巴，建立匈奴大汗国，与罗马帝国决战的故事，最终，南北匈奴在完成最后一次辉煌以后，同一刻退出历史舞台。

金庸说，他有个大野心，想将二十四史，写成小说。我说能写吗？他说能，选一些人物做叙述视角，从历史大事件中穿肠而过，这样人物出来了，事件也出来了。

座谈结束后，我现场为金庸先生写了幅字："袖中一卷英雄传，万里怀书西入秦"。第二天，陕西电视台郭静宜导演送金庸上飞机时，他说，这次陕西之行最大的收获，是与高先生见面。接着，《文学报》以我的那两句题赠，作通栏大标题，用一整版篇幅，做了金庸陕西之行的报道。

金庸先生九十大寿时，我为老先生画了一幅画，托郭导转交。画的是敦煌莫高窟三二九窟供养菩萨图案。后来这画在金庸迷网上出现后，接到许多金迷的短信。

当时画完后，有些舍不得，于是送走前，又照着重画了一幅，今天搜出来，献给读者朋友。

金庸先生作品，中国气派、中国风格。他塑造的那些人物，大夸张、大写意，而通体描写，结构铺排，都深得中国古典小说之妙。将他的成就仅仅局限于武侠小说范畴，也许是不公允的。

2018年10月于巴黎

高建群小传

　　高建群，男，汉族，1953年12月出生，祖籍陕西省西安市临潼区。国家一级作家，著名小说家、散文家、画家、文化学者，"陕军东征"现象代表人物，被誉为当代文坛难得的具有崇高感和理想主义的写作者，浪漫派文学"最后的骑士"。历任陕西省文联第四届、第五届副主席，陕西省作家协会第四届、第五届、第六届副主席，陕西文化交流协会名誉会长，西安交通大学、西北大学客座教授，西安航空学院人文学院院长，大秦印社名誉社长等。享受国务院政府特殊津贴。被《中国作家》杂志社授予当代最具影响力的作家，陕西省委省政府授予终身艺术成就奖等。

　　其代表作有《最后一个匈奴》《大平原》《统万城》《遥远的白房子》《伊犁马》《我的菩提树》《大刈镰》等。长篇小说《最后一个匈奴》在北京研讨会上引发中国文坛"陕军东征"现象。据此改编的三十集电视连续剧《盘龙卧虎高山顶》在央视播出。《大平原》获中宣部"五个一工程"奖，名列长篇小说榜首；《统万城》获国家新闻出版广电总局优秀图书奖，名列长篇小说榜首，其英文版获加拿大国际"大雅风"文学奖。高建群也是第一个在凤凰卫视《世纪大讲堂》演讲的内地作家。

高建群履历

1976年，以组诗《边防线上》踏入文坛。

1987年，以中篇小说《遥远的白房子》引起文坛强烈轰动。

1989年，担任延安地区文联（代）主席兼《延安文学》主编。

1993年，当选为陕西省作家协会副主席。

1993年，长篇小说《最后一个匈奴》出版，被誉为中国式的《百年孤独》，陕北高原史诗。

1993年至1995年，挂职黄陵县委副书记，专职创作，其代表作《最后一个匈奴》即为挂职期间出版。

1997年，参与央视十频道开播策划，并与周涛、毕淑敏共同担纲央视纪录片《中国大西北》总撰稿。该片荣获中宣部"五个一工程"奖。

2002年，当选为陕西省文联副主席。

2005年至2007年，挂职西安高新区党工委委员、管委会副主任。长篇小说《大平原》即在此期间酝酿成型。

2013年7月，被聘为西安航空学院文学院首任院长。

2017年9月，被聘为西北大学丝绸之路研究院研究员。

2020年5月，被聘为大秦印社名誉社长。

2020年7月，西安高新区文联成立，当选为第一届主席。

高建群创作年表

《边防线上》（组诗）：发表于《解放军文艺》1976年8月号，责任编辑：李瑛、纪鹏、韩瑞亭、雷抒雁。

《0.01——血液与红泥》（诗歌）：发表于《延河》1979年2月号，责任编辑：汪炎。

《将军山》（诗歌）：发表于《延河》1979年8月号，责任编辑：闻频。

《杜梨花》（短篇小说）：发表于《延河》1980年2月号，责任编辑：杨明春。

《很久以前的一堆篝火》（散文）：发表于《延安日报》1984秋，责任编辑：杨葆铭。

《人生百味》（诗歌）：发表于《星星》诗刊1985年，责任编辑：叶延滨。

《五月的哀歌》（叙事诗）：发表于《叙事诗丛刊》1985年，责任编辑：潘万提。

《现代生活启示录》（系列散文）：发表于《文学家》1985年，责任编辑：陈泽顺。

《新千字散文》（散文集）：1987年，陕西人民教育出版社出版，约稿编辑：陈绪万，责任编辑：赵常安。

《遥远的白房子》（中篇小说）：发表于《中国作家》1987年第5期，约稿编辑：朱小羊，责任编辑：陈卡。《中篇小说选刊》《小说选刊》《小说月报》《新华文摘》《解放军文艺》等进行了转载。2013年，台湾风云时代公司出版繁体单行本。2014年，陕西师范大学出版总社出版简体单行本。

《给妈妈》（诗歌）：发表于日本《福井新闻》1988年3月17日，责任编辑：前川幸雄。

《骑驴婆姨赶驴汉》（中篇小说）：发表于《中国作家》1988年第6期，责任编辑：杨志广。

《伊犁马》（中篇小说）：发表于《开拓文学》1989年第3、4期合刊，责任编辑：叶梅珂。2007年，四川文艺出版社出版单行本。

《老兵的母亲》（中篇小说）：发表于《中国作家》1989年第5期，责任编辑：杨志广。

《雕像》（中篇小说）：发表于《中国作家》1991年第4期，责任编辑：杨志广。

《为了第一个猴子开始的事业》（创作谈）：发表于《解放军文艺》1991年第8期，约稿编辑：周政保，责任编辑：丁临一。

《东方金蔷薇》（散文集）：1991年，陕西人民教育出版社出版，责任编辑：田和平。

《陕北论》（散文）：发表于《人民文学》1991年，责任编辑：韩作荣，《散文选刊》转载。

《你们与延安杨家岭同在》（散文）：发表于《人民文学》1992年第6期，约稿编辑：崔道怡。

《史诗与二十世纪》（创作谈）：发表于《文学报》1992年5月，责任编辑：李俊玉。

《达摩克利斯之剑》（短篇小说）：发表于《青年文学》1992年第10期，责任编辑：康洪伟。

《最后一个匈奴》（长篇小说）：1993年，作家出版社出版，责任编辑：朱珩青。1994年，香港天地图书公司、台湾汉湘文化发展公司分别于香港、台湾出版繁体版。2001年，中国青年出版社出版。2006年，北京十月文艺出版社出版，2016年再版。2011年，陕西人民出版社出版《高建群图画〈最后一个匈奴〉》。2012年，长江文艺出版社出版，2014年再版。2012年，台湾风云时代公司再版繁体版。2013年，太白文艺出版社出版。2014年，陕西师范大学出版总社出版《最后一个匈奴》（手稿版）。

《我从白房子走来》（文学自传）：发表于《陕西日报》1993年6月，责任编辑：刘春生。

《出国的诱惑》（中篇小说）：发表于《延安文学》1993年第2期。

《我如何个死法》（散文）：发表于《美文》1993年第7期，责任编辑：刘亚丽。

《一个梦的三种诠释形式》（中篇小说）：发表于《飞天》1993年第5期，约稿编辑：孟丁山，责任编辑：刘岸。

《家族故事》（中篇小说）：发表于《漓江》1993年，约稿编辑：王蓬。

《祭奠美丽瞬间》（散文）：发表于《文友》1993年，责任编辑：王琪玖。

《茶摊》（中篇小说）：发表于《延河》1993年第7期，约稿编辑：陈忠实，责任编辑：张艳茜。

《白房子人物》（系列散文）：发表于《西北军事文学》1994年第2期，约稿编辑：王久辛，责任编辑：张春燕。

《匈奴与匈奴以外》（创作谈）：1994年，陕西人民教育出版社出版，策划编辑：张继华，责任编辑：刘孟泽。

《张家山幽默》（短篇小说系列）：发表于《延河》1994年第4期、第9期，责任编辑：张艳茜。

《陕北剪纸女》（散文）：发表于《美文》1994年第9期，责任编辑：刘亚丽。

《女人是巫》（散文）：发表于《女友》1994年第8期，责任编辑：孙琪。

《大顺店》（中篇小说）：1994年，陕西人民出版社出版。1995年，发表于《小说家》第1期，约稿编辑：闻树国。1995年，改编为同名电影，北京电影制片厂出品。

《六六镇》（长篇小说）：1994年，陕西人民出版社出版。2007年重新修订，易名《最后的民间》由文汇出版社出版。

《丹华的故事》（系列散文）：发表于《深圳风采》1994年第10、11期，约稿编辑：吴重龙。

《马镫革》（中篇小说）：发表于《小说家》1995年第2期，约稿编辑：闻树国。

《女人的要塞》（散文）：发表于《女友》1995年第2期，责任编辑：孙琪。

《古道天机》（长篇小说）：1998年，中国文联出版社出版，责任编辑：叶梅珂。2007年重新修订，易名《最后的远行》由华龄出版社出版。2011年，陕西人民出版社再版。

《愁容骑士》（长篇小说）：1998年，中国文联出版公司出版。2000年，广州出版社再版。2000年，台湾逗点公司出版繁体版。

《我在北方收割思想》（散文集）：2000年，四川文艺出版社出版，责任编辑：林文询。

《穿越绝地——罗布泊腹地神秘探险之旅》（散文集）：2000

年，湖南文艺出版社出版，责任编辑：龚湘海。2014年，修订后易名《罗布泊档案：罗布泊腹地探险之旅揭秘》由陕西师范大学出版总社再版。

《白房子》（小说集）：2002年，陕西师范大学出版社出版。

《西地平线》（散文集）：2002年，上海人民出版社出版。

《惊鸿一瞥》（散文集）：2002年，群众出版社出版。

《胡马北风大漠传》（散文集）：2003年，上海东方出版社出版。2008年，在台湾地区发行繁体版。

《刺客行》（小说集）：2004年，太白文艺出版社出版，责任编辑：韩霁虹。

《狼之独步：高建群散文选粹》（散文集）：2008年，东方出版中心出版。

《大平原》（长篇小说）：2009年，北京十月文艺出版社出版。2016年该出版社再版。2012年，台湾风云时代公司出版《大平原》（繁体版）。2014年，陕西师范大学出版总社出版《大平原》（手稿版）。

《统万城》（长篇小说）：2013年，太白文艺出版社出版，责任编辑：韩霁虹，2016年该社再版。2013年，台湾风云时代公司出版《统万城》（繁体版），责任编辑：陈晓琳。2014年，陕西师范大学出版总社出版《统万城》（手稿版）。

《独步天下》（书画集）：2013年，陕西人民出版社出版。

《生我之门》（散文集）：2016年，未来出版社出版。

《我的菩提树》（长篇小说）：2016年，北京十月文艺出版社出版。

《相忘于江湖》（散文集）：2017年，北京时代华文书局出版。

《大刈镰》（长篇小说）：2018年，三秦出版社出版。

《我的黑走马——游牧者简史》（长篇小说）：2019年，陕西师范大学出版总社出版。

《来自东方的船》（散文集）：2020年，陕西旅游出版社出版。

《丝绸之路千问千答》（文化读本）：2021年，西北大学出版社出版。

《最后一个匈奴（30周年纪念版）》：2022年，陕西师范大学出版总社出版。

社 会 评 价

我劝大家注意，高建群是一个很大的谜，一个很大的未知数。

——著名作家　路　遥

我一直想找机会请教一下高先生，匈奴这个强悍的骁勇的游牧民族，怎么说消失就从人类历史进程中消失得无影无踪了。

——著名作家　金　庸

大家说高建群骄傲、自负、目空天下。我这里想说的是，中国这么大，有这么多人口，如果没有几个像高建群这样自信心极强的作家，那才是不正常的。

——中国社会科学院文学研究所研究员　蔡　葵

春秋多佳日，西北有高楼。

——著名作家　张贤亮

高建群是一位从陕北高原向我们走来的略带忧郁色彩的行吟诗人，一位周旋于历史与现实两大空间且从容自如的舞者，一个善于讲庄严"谎话"的人。

——中国作家协会原副主席　高洪波

　　高建群的创作，具有古典精神和史诗风格，是中国文坛罕见的一位具有崇高感和理想主义色彩的写作者。《大平原》把家族史兜个底掉，看后让我很感动，也很心痛，唤起我对故乡、对农村的情感，唤起我强烈的根的意识。我没想到高建群在"潜伏"多年之后突然拿出如此有分量的作品。

——中国作家协会原副主席　高洪波

　　《大平原》有内在的惊心动魄，写家族的尊严、生存的繁衍史，实际上是写我们民族强韧的生命力。这部长篇淋漓尽致地发挥了书写"命运"的优势，不是写一个人的命运，而是写了三代人的命运，厚重感非常强。

——著名评论家　胡　平

　　高建群对《大平原》中的女性人物都满怀敬意和温情。为了家族立足，高安氏骂街骂了半年，成为一道风景。用这种方式起到的威慑作用，来捍卫高家人生存的权利。顾兰子是书中的灵魂式人物，也是这部书苍凉的体现。

——著名评论家　雷　达

　　《大平原》基于高安氏、顾兰子等乡村女人的坚韧形象，这部新"乡土女性小说"中女人比男人强，乡土文明决定了女性在乡土生活里面所具有的支配性。

——著名评论家　孟繁华

《最后一个匈奴》进京的盛况如在目前。27年了，它远远跳过速朽期！27年了，它的风采依旧！27年了，人们——特别是陕西读者没有忘记它，了不起啊！

——著名文艺评论家　阎　纲

作为延安的一位文艺战线上的老战士，听到介绍，《最后一个匈奴》这部长篇小说写了大革命时期以来的三代人的命运，直到现在的改革开放时期，这还是过去没有人写过的重要题材，我很高兴！我祝贺这部作品出版，并获得成功！

——原文化部副部长、中国文联党组副书记　陈荒煤

27年前，《最后一个匈奴》在北京引发轰动一时的"陕军东征"，至今在文学界仍是一个历史性的重要话题，一段难忘的记忆。

——《人民文学》杂志原常务副主编　周　明

高建群的《遥远的白房子》，给我们许多启示，它也许预兆了小说艺术未来发展的某些趋势——难道，小说艺术在经过了几百年的艰难探索，它又回到讲故事这个始发点上了吗？

——北京师范大学教授、中国当代文学研究会理事　蒋原伦

如果不把《最后一个匈奴》这部中国当代文学的红色经典，变成一部电视剧，那是我们影视人的羞愧。

——央视著名制片人　李功达

《大平原》能拍一部大电影。我把中国的导演，脑子里过了一遍，最合适的这个导演叫吴天明。《大平原》中描写的那些事情，我全经历过。我父亲是解放后第一任三原县委书记，我自小就是在那一片土地上长大的。

——著名导演　吴天明